当代中国小说榜

无影灯下落笔声

江 峰 著

中国文联出版社

图书在版编目（CIP）数据

无影灯下落笔声 / 江峰著 . -- 北京：中国文联出
版社，2017.4（2023.3重印）
ISBN 978 - 7 - 5190 - 2661 - 5

Ⅰ . ①无… Ⅱ . ①江… Ⅲ . ①长篇小说—中国—当代
Ⅳ . ①I247.5

中国版本图书馆 CIP 数据核字（2017）第 077078 号

著　　者　江　峰
责任编辑　闫　洁
责任校对　赵海霞
装帧设计　中联华文

出版发行　中国文联出版社有限公司
地　　址　北京市朝阳区农展馆南里 10 号　　邮编　100125
电　　话　010 - 85923025（发行部）　　85923091（总编室）
经　　销　全国新华书店等
印　　刷　三河市华东印刷有限公司

开　　本　880 毫米×1230 毫米　　1/32
印　　张　6.5
字　　数　141 千字
版　　次　2023 年 3 月第 1 版第 2 次印刷
定　　价　58.00 元

前　言

医生担负着救死扶伤的责任，他们是人类健康的守护神。一名优秀的医生不仅需要拥有精湛的技艺和一颗仁爱之心，更需要拥有良好的医德及善于沟通的能力。

许多年前我有幸成了他们中的一员，曾经我为自己成为一名医生而自豪。当我真正成为医生后，每一天都经历着记录病史、换药、手术这样的事，除此之外还要去写论文、考职称，甚至去打官司。我一直不明白，为何医生原本是个受人尊敬的职业，在这个时代却出现了医闹，甚至杀医这样的悲剧。

成为一名合格的医生需要不断地学习，历经临床工作中无数次的磨炼才能成为一名优秀的医生。外科医生更是犹如刀尖上的舞者，处处如履薄冰，在工作中承受着巨大的心理压力。许多年来我一直想写一本关于医生的书，让人们能够真正地去了解这群人。当我将书的初稿拿给我朋友看的时候，他扑哧一笑："你这哪里是写书，这分明是在讲故事。"当然我不是作家，没有深厚的文学功底，写不出感人肺腑的文学作品，我只想讲述一个平凡医生的成长经历和他身边的故事。

我从呱呱坠地的婴儿阶段开始写到了风华正茂的青年时代，从懵懂无知的儿童时期写到成为主刀医生的不惑之年，并且记录了从医后发生的数个记忆深刻的故事。我们每个人成长过程中都需要经历艰辛磨难，这让我们更加懂得对生命的敬畏。

和大多数人一样，我怀揣梦想，历经多年的努力打拼，从一个高考落榜的文科班毕业生，成长为大都市医院里的一名骨外科主治医生，从事着基层的一线临床工作。在多年的从医生涯中，我无数次面对着饱受病痛折磨的患者，这本书从最真实的一面详细记录了一位外科医生的所见所闻。

一次次紧张有序的手术，一场场生死离别的抢救，一个个扣人心弦的故事仿佛就在眼前。希望读者能够真正体会一位医生执业的艰辛历程，走进医生的心灵深处，去感悟、去聆听他们的故事，真实地去了解医生，用他们的视角看这个世界。

从偏远乡村到繁华都市，从单身恋爱到结婚成家，从幸福美满到离异单身，个人复杂的情感波折在此书中也得以体现，再现都市人复杂的情感生活。

江峰

2016 年 11 月

序

　　浩瀚书海里，《无影灯下落笔声》只算沧海一粟；浩荡的白衣天使队伍中，作者也只是其行列中的一名小医生。此书不是世界名著，作者也不是知名作家，但只要你能够静心去阅读此书，就会深刻了解到一位医生艰辛的成长过程，以及无影灯下外科医生在执业过程中所面临的巨大压力。

　　书中详细记录了作者成为一名医生后，发生在其周边一系列感人至深和耐人寻味的故事。在物欲横流、攀附权贵的社会浊流中，作者能够坚守平凡岗位、爱岗敬业更是难能可贵，他也用自己的行动诠释了"生命本无贵贱"的行医宗旨。

　　医患关系更是值得我们每一个人去思考，和谐的医患关系更是当今社会所需。当一位医生能够用心为患者服务，患者及其家属也能感知，理解与宽容更是我们应有的态度。发表在央视网《向如此的军医致敬》的博文中，记叙了我就医过程中受益的经过，其点击量过万，比央视记者、主持人博客单篇点击量高很多，可见人们对这样的人和事是多么的敬仰、称赞和渴望。

　　此外，作者毫不避讳地在该书中写出了他的恋爱、婚姻、家庭生活等经历，再现平凡人的感情生活。特别是作者婚姻破裂时，如何被伤痛吞噬，如何在痛苦中挣扎，最后破茧而出，重新振作起来的经历，对人生道路上遭遇婚变、受到重创的年轻人都很有启发。

《无影灯下落笔声》是当今社会的一面镜子，也是千千万万奋斗在一线医疗战线上医务工作者的缩影。穷则思变、敢拼能赢、坚守获益、敬业成功、善良有爱是这部书籍的亮点，而这些亮点正是作者在成长的道路上、在人生的行程中一步一个脚印走出来的，甚赞！

患者家属　邓月华

目 录

引 子

都市的夜又一次来临，如此漫长的夜。透过布满尘土的玻璃，窗外霓虹依旧闪烁，照得楼宇间五彩斑斓。尽管已是寒冬，路边仍有熙熙攘攘来回走动的人。夜晚才开始出动的商贩在街角边支起了炉子，静谧的夜空中开始飘起了袅袅轻烟。这座繁华的都市从未孤寂过。

风夹杂着寒气，透过窗户缝隙径直吹入了我租住的小屋，发出阵阵嘶吼声。昨天亲手画上墙壁的婀娜多姿的人物壁画，此刻仿佛墓穴里的神灵般露出了凶神恶煞的眼神，我赶紧死死地裹紧被子。时针已经划过了半夜一点，可此刻的我和往常一样，尽管劳累一天，仍无法入睡。闭上眼睛，往事清晰地呈现在眼前，令我不安。

从一个高考落榜文科生到一个令人羡慕的骨外科主治医生，从十多年前的一无所有到现在都市里拥有了房子、车子和美满幸福的家，和大多数追求理想的人一样，我来到中国这座著名的繁华都市——上海，在这个人才济济的城市里终于扎下了根。

从遥远的乡村到繁华的都市，和同龄人围坐一张桌子，喝着香浓的咖啡，吃着深海的海鲜，谈论着远大的理想和追求的目标。我通过自己的努力终于完成了人生的一次蜕变。

　　人生的变化，有时如同风化中的岩石，看不出点滴的变化，有时候，它又如暴风骤雨，扫过的瞬间令你无从面对。命运或许就是这样，当你竭尽全力实现自己的理想之时，故意给你一些挫折，让你停下来重新审视自己，思考一下自己曾经走过的路。

　　曾经为自己的成功欢呼雀跃，而如今的我不仅失去了家庭，失去了理想和信念，甚至失去了生活的勇气和动力。

　　回望自己走过的历程，一路跌跌撞撞，如同大海风浪中的一叶小舟，从未平静过。伴随着风浪的咆哮声我一步步走向成熟，在碧蓝海浪的洗涤中一点点领悟生命的真谛。在无数次的风浪拍打声中我终究成为一位白衣天使。在病房里、在无影灯下，我竭力用自己所学的医学知识，为患者去除身体疾患和心理创伤，从他们爽朗的笑声中领悟一个个健康的生命带给我的快乐，也让我领悟了作为一个社会个体存在的最大价值。

　　我穿上干净整洁的工作服，戴上听诊器，在一群刚毕业的实习生围绕中，自由地穿梭于各病房间，这看起来多么的令人羡慕和敬仰。可是谁又会知道，作为一名医生的我付出了怎样的代价，作为医生的他们内心深处又隐藏着怎样的情感。

　　我作为医生这群人中的一员，和他们一样，除了拥有一种谋生的技能，一个强大的内心，更拥有一段别样的人生。

漫漫成长路

　　我出生乡下，那是个尚未改革开放的年代。我的出生为这个身处困境中的家庭带来了一段快乐的时光。

　　在我刚懂事的时候，妈妈就跟我讲述她的故事——在五六十年代他们是如何拌着农糠、剥开榆树皮充饥，物质的匮乏似乎成了那个时代的标签。我应该是幸运的，至少不用去吃这些难以下咽的东西，偶尔能够吃上香气扑鼻的米饭也会有很大的满足感。因为是家中老小，爸妈总是将最好的东西留给我，一旁的哥哥只能干瞪着眼睛。

　　印象中可以用家徒四壁来形容这个家，除了几家人合伙拥有的一头耕牛外，基本上没有什么值钱的东西。大概是因为父母亲勤劳善良和不怕劳苦的精神激励着一群人，斗字不识的母亲当选了公社的妇女主任，父亲也被推选为生产队队长。

　　在那个年代，我这个"官二代"也没有比别人享有更多的优待，家里只是多了一些写着"艰苦奋斗""勤劳致富"等各种标语的牌子，还有堆满角落的一些生产队公用物资。

　　庄稼人要想在土地里刨口饭吃，那一定要勤快。也许是因为爸妈是党员，又是干部，起早贪黑地劳作才能在乡亲面前起到表率作用，善良的父母亲总是没日没夜地劳作。邻居看着都心疼，母亲却大声说："我不为自己，就为把这两个孩子拉扯大，让他们过上好日子。"我依稀记得父母通常一早就去拾粪，天色渐晚也等不到他们归来，我只能蒙上被子自己睡觉。八十年代，母亲由于目不识丁，被免去了妇女主任的职务，憨厚的父亲利用自己的号召力继续带领乡亲们勤劳致富。也许从那时开始母亲才真正认识到知识的重要性，"知识改变命运"也深深地烙印在父辈的心坎上。

家庭是最好的课堂，父母是最好的老师，对于出生在文盲家庭中，我别无选择，所有的知识只能来自学校老师的口口相传。一切只能依靠自己，唯一能感受到的就是父母这种坚忍不拔的精神，它如同一股力量将我高高托起。

七岁的我被直接送进了附近村子的小学上一年级。一座土坯房，塑料薄膜覆盖的窗户，三三两两的桌凳，这就是我们的校园，虽然简陋，却可以传播知识。一帮天真无邪的孩子相聚在一起，徜徉在知识的海洋里，忘记了所有的贫苦。还记得那年寒假前的期末考试，父亲背着我在齐膝盖的大雪中走了很久，才将我送到了学校。

憨厚老实的父亲用他厚实的肩膀撑起这个家，慈祥善良的母亲则用她那粗糙的双手为这个家指明方向，显然母亲也成了这个家的主导者。

母亲和父亲也经常为了一点小事争吵，每一次的争吵总是围绕着两个孩子。

"明天去街上打点肉给孩子们吃，都在长身体呢！"母亲鼓足了气说。

"吃啥吃啊，打两个鸡蛋不就行了吗，马上又要开学交学费了。"老实巴交的父亲爱理不理地回应。

"你这个人就知道田里干活，关心过孩子吗？"母亲气呼呼地说。

最终父亲还是没有拗过母亲，步行到两三公里外的镇上切回来半刀肉让我们俩兄弟解馋。

穷人的孩子早当家，可能是受到父母的影响，自小我就有了独立生活的能力和倔强的性格。通常放学后就将饭菜做好等着爸妈回来，还要将那猪圈里的小猪喂好，那可是我来年的学费呢。虽然没有荤菜，不过自家地里采来的韭菜、空心菜，放上一点熬制的猪油，也算一顿美餐。日子平淡，生活清贫，一家人相亲相爱，幸福就是如此简单。

还记得那时候的天空湛蓝，白云如同卷卷波涛，即便是万米高空也能看见天上的飞机以及机尾留下长长的尾巴。我们知道那是飞机，可是谁也没有亲眼近看过。儿时的伙伴，他们叫小福、小三、二华、二妹，一群快乐孩童经常聚在一起，玩斗鸡、弹子球、捉迷藏。屋前屋后的水塘是我们天然的洗浴天堂，雨天顺着河浜捕鱼捉虾也是常有的事，就这样在无拘无束的岁月里我们渐渐长大。

小学二年级我就转到镇上读书了，两公里的路程，每天就这样和一群孩子来回奔波。冬天的乡下寒气逼人，耳垂冻得发紫，到了学校也是两脚冰凉。

贫穷像一座大山沉重地压住这片土地上的人，憨厚的农民也只知道在土地里寻找财富，尽管他们披星戴月地劳作，得到的也只是一家人的温饱。能把自己的孩子送进校门，让他们掌握更多的知识改变命运，也许这就是乡下人的最高理想了。

虽然辛苦地奔跑在求学的路上，但在童年的记忆里永远只有快乐相伴。

在上学的途中我们抄近路需要路过一片坟区。一个浓雾弥漫的清晨，能见度很低，我和小伙伴一起上学，突然间发现坟头上坐着一个人，他在那里手舞足蹈，口中还念念有词。我俩顿时吓得魂飞魄散，仔细一看居然是另外一个小伙伴。不得不佩服他的胆量，居然敢在坟上"装神弄鬼"，至今想想都心有余悸。再后来在上学途中活剥水蛇、生食蛇胆的也是他。

背着书包去上学对我来说当然乐意，可以摆脱家里繁重的体力活，还有诸如摘棉花、剥花生这样的琐碎事。我痛恨贫穷生活，多希望有一天能过上"楼上楼下、电灯电话"的城里生活啊。当村子里别人家有了第一台电视后，我也成了那一家的常客。外面的世界很精彩，我渴望美好的生活，更渴望有一天能走出这片贫瘠的土地、这个穷困的村庄。

从初中到高中，人生经历了从童年到少年的蜕变，生命中无数个记忆的片段时常会浮现在我的眼前，一切是那么的自然，又是那么的记忆深刻。

青春如同玫瑰花瓣散落在人生的征途上，散发着清香，使人感到愉悦而难以忘记。自从进入了中学，接触了更多的外界信息，心中增加了几分多愁善感。我拥有了更多的伙伴，每天匆忙行走在这条泥泞的乡间道路上，也更加坚定了自己努力学习、改变命运的想法。

严重的偏科一直困扰着我，小学开始我数学就没有及格过，最好的成绩也就在四十几分。我讨厌数学，甚至讨厌那戴着黑框眼镜的数学老师。严重的偏科注定我连个像样的高中也考不上，这或许是我人生中第一次遭受挫折。

新学期开学在即，天气炎热得让人透不过气来，一天晚饭后父母再次因为我发生了激烈的争吵。

母亲放下了碗筷冲着我问："二凤，你到底想不想读书？要是不想读书就回来跟你哥去上海打工，要不就在家跟你爸干农活。"

还没等我开口，父亲抢在了我的前面："不读就算了，反正读书也没有啥用，读了也考不上大学，还不如早点学门手艺算了。"

小学尚未读完的哥哥早早辍学，跟着小叔去了上海打工，母亲把读书唯一的希望寄托在我身上。我觉得我已经很用功地去学习，但每次拿到成绩单的母亲总是愁眉苦脸，数学那一栏永远都是红色。其实我也还是很想读书，看着他们在农村实在辛苦，不读书也没有机会改变自己。

"当然想读书了，我不想回来种地。"我急忙回应。

"后面的小宏也是买的高中，我们也给你买个高中，你可要好好努力啊，爸妈挣钱不容易啊！"母亲盯着我紧蹙眉头。

"我会好好学习的。"我低着头回应。

我知道小宏当时也没有考上高中，只能去上职校，后来他爸妈花钱赞助买上的高中，最后成为村里的第一位大学生，那敲锣打鼓的场面令我羡慕不已。父亲放下手中的碗，大口地吸着烟，妈妈若有所思地看着堆在堂屋中央的麦子一言不发。九百块当然不是个小数目，那一夜大家都默默无语，我也没有心思跑到隔壁人家去看电视，早早地躲进了被窝。

没有打好数学基础的我这样被买进了当地的一所高中，学习理科知识对于我来说更是一场恶战。除了数学，我的化学成绩也是令人不甚满意，分子式、元素表就像外星文字，我毫无兴趣。高二分科的时候我赶紧选择了文科班，为的就是摆脱化学、物理的困扰。

高中学习的压力越来越大，远在上海做医生的伯伯时常提醒爸妈和我，农村人唯一改变自己命运的机会只有靠读书，考上大学才是唯一的途径。就这句"万般皆下品，唯有读书高"伴随着我艰难地度过了一年又一年。

在苦涩的青春期，我怀揣梦想，对未来充满向往，希望通过学习知识改变命运，能够走出这封闭的地方，站得更高，走得更远。我竭尽全力为改变我人生命运的这次高考做着最后的准备。

在即将高考的关键时刻，书桌上堆着的只有那一摞摞厚厚的书。青春的记忆如同硬盘，除了点滴的青涩回忆外，满脑子里只有各种公式、数字，烙印在脑海深处，蓄势待发。尽管费了九牛二虎之力，严重的偏科还是让我在高考这个黑色的七月徒劳无获，七十多分的差距让我的大学梦彻底破裂。

对未来的憧憬和希望在这一刹那化为了灰烬，无限的失落形影不离伴随着我，留下的只有那片片忧伤。我彻底失败了，我丧失了所有的希望，变得沉默寡言，我将自己一个人紧锁在家里，藏在了柜子里，行为举止古怪离奇，甚至把床铺搬到了哥哥家狭窄的楼道下面。

当征兵工作开始，怀着保家卫国的情怀，我急匆匆拿着来之不易的名额单奔向征兵站的时候，一纸"急性中耳炎不适宜参军"的体检报告将我当兵的梦想彻底击碎。

母亲仍然没有放弃对我最后的期望，次年开学的时候再次把我送去高中复读，可是无法忍耐的头痛症不得不让我半途而废，我又离开学校回到了家里。母亲带我去医院做了全面的检查后并无大碍，医生开了一些安神补脑药物，我口服后也未见好转。我的行为变得越来越不正常，有时甚至大吵大闹，对周边一切事情毫无兴趣。或许是因为高考落榜对我的刺激和打击，头痛牵扯着我身上的每一根神经，让我漫无目的地去做任何事情，根本无法控制自己的行为。

一个大雨瓢泼的夜晚，我头痛难忍。用信纸写了一串长长的文字夹在书本里：我头真的很痛，痛得我无法控制，我无法控制我的行为，对这个世界我将毫无留恋，如果有一天我抵御不了，请你们原谅我。

在药物无法治愈的情况下，我的行为特别稀奇古怪，让父母亲担心起来。母亲听乡亲们说我可能是被什么东西吓着，需要通过巫师化解，就又四处打听寻找巫师。

几天后，母亲把我带到三十公里外的一个巫婆面前。

一间小黑屋子里，巫婆穿着一身长袍，手里拿着点燃的一簇檀香，在缕缕青烟中盘坐瞑目，背后的神龛上摆放着面目狰狞的各路神仙。在低声吟唱中她诉说了我生病的前因后果：

"你们家前面是不是有棵树，屋后有条小河？"她瞑目若有所思地问。

"是的。"母亲急忙回答。

"你们家的孩子是被人吓着的，赶快吃我配给你的药，否则会越来越重。"巫婆眯着眼睛说。

"是啊。"已经六神无主的母亲连声答应，一边频频点头。

在神灵前当然不能说任何不吉利的话，更不能说这是迷信活动，否则会不灵验的，我只能低头不语。

临行前巫婆收下了香火钱，递给母亲一个中药方子，将一个神符放入了香囊，用别针别在了我胸前的衣服上，还嘱咐我不能随意串门。巫婆开给我的那个老母鸡汤炖中药的特效药方，我整整吃了两个月。那滋味捏着鼻子也难以下咽。我每次都是在母亲的监督下勉强喝完。

我终究成了医生

落榜后我的精神世界一片黑暗，几乎每天都在昏天黑地中度过，心情失落到了极点，对于未来只有满眼的迷茫和无限的空寂。我站在高处放眼望去，远处的庄稼长势正旺，稀稀落落的村庄点缀其间。夜晚的星空更加空旷，一颗颗流星在幽蓝的夜空中划出一道道弧线，像织女洒下的锦丝，转眼即逝。我渴望外面的世界，期待着某一天像大雁一样展翅高飞，在蓝天白云间自由翱翔。

我漫无目的地度过一天天，在痛苦挣扎中度过无数个不眠之夜。如此半年后，我感觉头痛好转许多，思维也渐渐清晰起来，在父母的眼中我的行为举止接近了正常。我终于病愈了。

疾病初愈后的我跟在父母的后面插秧、除草，做一些杂活，偶尔捉些鱼虾到镇上换些零钱贴补家用，用自行车驮上一箱棒冰，挨村挨户去叫喊买卖。

探亲回家的伯伯看着我弯着腰正在搬运麦子的单薄身体，劝我父母说："孩子还小，这样会累坏身体的，让他去学医吧，即使以后回乡下做赤脚医生，也不用这么辛苦。"没有别的门路的父母亲只能赶紧答应下来。

在我的眼中医生一直是学识渊博、端庄严肃的人，他们能够为患者去除病痛，甚至起死回生。中学课本里的华佗以身试药和扁鹊治病的故事都让我记忆深刻。我一直崇拜着医生，但我害怕医生，惧怕打针，甚至害怕闻到医院里那股消毒水的味道。

母亲四处打听后知道离我们家五十公里处的城区有一所卫校是培养医生的，父母打算带着我去一探究竟。赶在暑假尚未结束前，一大早我和母亲洗换一新，折腾着换乘好几辆车来到了五十公里外的城里。

九十年代的小城市不算繁华，但对于第一次进城的乡下人来说，还是弄得感觉晕头转向。在一条狭窄的马路边我们终于找到了这所学校，墙上挂着"滁州市农村卫生人员培训基地"醒目的牌子。

我和母亲毫无目标地走在校园里，对这所培养医生的摇篮充满了好奇。学校正处放暑假期间，并没有见到成群结队穿着白大衣的学生，偶尔可见一两个拎着热水瓶的学生从我们身边走过。

校园里的教学楼、操场、食堂，一切是那么熟悉。透过窗户可见一排排实验仪器，墙壁上挂着一幅幅人体解剖图，还有那阴森森的人体骨架模型，让人看着有些不寒而栗。这里的一切让人充满神秘感和恐惧感，我既害怕又好奇。医学那么神圣，医学知识又是那么深奥，成为医生那么难，我能行吗？我困惑了。

我们俩东张西望，像个小偷似的。正当我们一筹莫展时，从楼梯上走下来一位矮墩墩的长者，烈日已经将他的皮肤晒得黝黑。

"你们两个人干啥的？"他用质疑的口气问我们。

我和母亲赶紧把自己的来意向他简单说明了一下，他听了后若有所思，露出一排洁白的牙齿。听说我有亲戚在上海，他猛地吸了口烟，用脚踩灭了还没有抽完的半截烟。

"我可以帮你，不过嘛有点小麻烦，过几天你来参加学校组织的一个入学考试吧。"这位自称在学校工会里工作的老头笑眯眯地对我母亲说。

几天后，心领神会的母亲带上了两条红塔山香烟来到了这所学校。我如期参加了学校的入学考试，就这样我这个落榜的文科毕业生成为这所学校中的一员。在我搬离哥哥的楼道间的那天，我用浓墨在墙壁上奋笔疾书写下了"卧薪尝胆、奋力拼搏"几个字。

尽管这是一所中等专科学校，可是在学习上我一点也不敢马虎，生怕再次失去机会。校园里，我更像一位大哥哥混在其他学生之中，我们一起学习医学理论知识，拥有很纯洁的友谊，相处融洽而快乐。

在两年的学习中我逐步掌握了医学生所应具备的一些基础知识，了解了人体的基本结构、生理、病理等相关知识。在解剖室面对各种骨骼、器官标本我也能做到镇定自若，甚至还能拿起标本给同学们讲课。通过学习，我也领略了医学知识的复杂深奥、人体的神奇和疾病的复杂性，深深体会到成为一名医生是多么的不易。

快乐的时光总是过得很快，我圆满地完成医学理论知识的学习，为进一步实习进修打下了扎实的理论基础。

伴随着清脆的火车汽笛声，我和母亲在火车站乘上了通往上海的绿皮火车。我要赶在下一批实习学员到来之前赶到上海，在伯伯上班的医院里实习。第一次远离家门，我对外面的世界充满好奇，赶紧挤上火车找个临窗的座位坐下。

火车穿梭于广袤的原野和城市间，如同一头发飙的水牛，时而在青山翠林中穿行，时而跨越江河，让人真正欣赏到了山水交融的奇妙韵致。窗外画面在列车的咣当声中不断地变化着，我被深深吸引，完全没有睡意。经过六个小时的颠簸我们终于到达了梦想中的上海。

上海，一颗位于祖国东方的明珠，这个让无数人魂牵梦绕的地方，此刻就呈现在我的面前。处处繁华喧嚣，高楼林立的间隙游人如织。第一次真正进入这个城市的中心地带，第一次真正进入一个未知的世界，我对一切充满了好奇和向往。还没等放下行李，我和母亲就急不可待地赶往了传说中的外滩。

我们站在黄浦江畔远眺外滩对岸的东方明珠，尽情欣赏着如痴如梦般的美景。这个只从别人口中听说过的上海标志性建筑此时就出现在眼前，让我激动不已，这巧夺天工的设计更是让我和母亲研究了半天。城市的公交车弄得我们晕头转向，返程的时候甚至坐错了车，我们母子俩又坐回外滩去了。

兴奋之余我不得不面对现实，我知道此次来上海不是为了游玩，我要好好实习，毕业后能找份工作，也好为这个家分担一些经济负担。

实习医院是一所部队医院。这医院四处有林荫，一排低矮的三层房子有序地矗立于草坪中。草坪一侧几棵郁郁葱葱的香樟树正叶繁枝茂，树旁边还有一个池塘，九曲桥下鲤鱼翻滚，竞相追逐，曲桥尽头凉亭里身着病号服的患者正在闲谈。三五成群的军医迈着矫健的步伐行走在院子里，军人的一身戎装，加上他们的身份还是医生、护士，让我充满无限的敬意和遐想。他们如同白鸽，衔着橄榄绿飞向人间，带来的不仅仅是和平，更多的是人们的健康。他们是人间天使，正将满满的爱洒向人间。

踏进院子，我丝毫没有觉得这是医院，而更像是一座军营。我激动不已，曾经希望参军的我，是多么希望可以成为他们中的一员。

陌生的城市，孤独的我，我不得不尽快适应这一切。我牢牢记住老师对我的教诲：实习中一定要做到勤快，嘴勤、腿勤，才能在实践中掌握更多的临床知识。

我和一起实习的部队学员一样，写病历、换药、上手术，日复一日，时刻跟随着自己的带教老师，一点一滴学习临床知识。在耳濡目染中我不仅学习到了一些临床医学知识，也学会一些做人的道理。

功夫不负有心人，一年漫长的临床学习，我出色地完成了实习计划，完成了从一个普通医学生向医生的转变，成为一名小医生。在扎实的理论知识的指导下，手术台上，我实际操作也更加娴熟，对一些简单的疾病也能单独处理。城市的生活，更是让我戒除了乡下人的一些陋习。也正是这跨出的小小一步，让我对未来充满了信心，也让我从此与医学结下了不解之缘。

毕业后的我丝毫没有毕业生的愉悦心情，因为一个中专毕业生在这人才辈出的上海想找份工作并非易事。我不想打道回府，回到乡下，尽管那里或许能够找份工作。为了能够掌握更多医学技术，我选择了继续在医院骨科进修。为了能够养活自己，我尽可能地去参加手术和值班，这样一些值班费和手术费津贴也可以贴补我生活开销。为了减少花费我几乎吃住都在科室，尽可能去参加每一台手术，去掌握每个手术的操作技巧，希望自己能够早点掌握更多更丰富的医学知识和临床经验。

手术台上如战场，从打开手术无影灯，划开病人皮肤那一刻开始，空气中就充斥着浓烈的血腥味，紧张的气氛伴随着手术的整个过程，直至结束。

还记得实习时候上了一台大腿截肢手术，当血液浸润纱布，肌肉和骨骼的残端外露，血淋淋的场面映入眼帘的一霎，我眼前发黑，大脑一片空白，那一刻我居然失去了知觉，晕倒在手术台边。一分钟后我清醒了过来，我知道那是晕血反应，可能是手术过于血腥，精神紧张的心理反应。这对刚刚步入临床工作的实习生来说其实很普遍，大多数人适应了就很少会再发生。

即便是技术精湛的医生，在术中突发意外这种状况也时有发生。一台腰椎间盘手术正在进行中，当减压椎板钳提起一束神经的时候，我身边的老师顿时眼光呆滞、脸色苍白，顺势倒了下去。或许是恐惧，或许是对神经损伤后的担忧，复杂的情绪累积，最终让他瞬间失去知觉。在休息室喝了半瓶葡萄糖后医生才继续完成了那台手术。

随着与患者的接触越来越多，我内心承受的痛苦也层层递增，每一次患者的痛苦我都感到如在己身。慢慢地我也领悟到了医生的责任重大，需要承受极大的心理压力，但每次看着病痛呻吟中的患者经过我们的精心治疗康复出院，我还是能够感受到莫大的欣慰。疾病复杂多变，我始终没有停下学习的脚步，我渴望学到更多的知识，力所能及地去帮助他们。

尽管在医生执业的道路上充满荆棘坎坷，漫长的岁月中更是尝尽苦头，每一步走得都很艰难，但我始终没有放弃。我决定在医学这条道路上一路前行，痛并快乐，留下那些刻骨铭心的故事。

痛不欲生

如果从医学的角度解释疼痛，它是由于各种致痛因素经过传导途径刺激大脑皮质第一感觉区而产生的感觉。疼痛是一种令人不快的感觉和情绪上的感受。

我们健康生活的时候当然感觉不到患病时的疼痛，而当疾病发生在自己身上的时候，疼痛如同一头猛兽，瞬间侵吞我们的笑容，周边一切快乐的事似乎都与己无关。作为医生，每日与患者相伴，从他们的身上我也能时刻感受到疾病带给他们那或隐隐或沉重的痛。

即使身为医生，也一样需要经历生老病死，成长的过程中也会承受着各种病痛的折磨。躯体的痛，内心的痛也会时常困扰着我。正是这一次次没齿难忘的痛，还有病痛期间的感悟，使我对患者有了更多的理解和包容，也能体会到患者生病期间微妙的心理变化，尽力给予他们更多的关爱。

由于频繁加班，一次严重的上呼吸道感染让我躺在床上几天不能下地，连续的高烧，接近两万的白细胞血象让我咽部灼痛。整个人精神萎靡。滴水未进的我甚至出现濒死的感觉。

为了不耽误工作，我不得不嘱咐护士加大用药的剂量，在药物的作用下我渐渐精神起来，经过两周的调整终于好起来。在生病期间同事们的亲切问候，还有身边工作的护士同事的悉心照顾，让我在精神上得到了极大的鼓励。疾病迅速康复肯定与他们有关。这也让我深深体会到患者生病期间他人的关爱是如此重要，这种心理上的安慰无疑也是一味良药。

一段时间内我经常感觉到鼻塞、呼吸不顺，无法深度睡眠让我时常出现头昏头痛的情况。照着镜子，我发现鼻腔被东西阻塞了。开始我还以为是肿瘤，还好经五官科医生的检查后确诊为鼻中隔偏曲。偏曲的鼻中隔严重阻塞了我的整个左侧鼻腔，以至于通气困难，不得不去做一个手术。

尽管自己是医生，可是疾病并不会因为我是医生而远离我。我不得不转变角色成了一名患者，穿上病号服，躺在手术车子上被熟悉的人推进手术室，躺着进入手术室还是第一次，我难免有些紧张。周边的同事也用怪异的目光看着我，好像医生就不应该生病。

尽管麻药麻醉了我的鼻腔，但还是能体会到那种刺骨的痛。骨凿在鼻腔里沙沙作响，鲜血也顺着我的鼻腔缓缓流出，流到了我的唇边，那是咸的味道。半个小时的手术很快结束，我一个人躺在白色的床单上，傻傻地看着白色的荧光灯和房顶。第一次体验手术过后的疼痛，从隐痛到间隙的痛，从跳跃式的痛到剧烈疼痛，直至痛得我嗷嗷大叫，夜不能寐。

第二天医生将我鼻腔里填塞的厚厚的止血棉取出，口服止痛药物后我精神了许多。这次经历真是一次痛的领悟。

经历过这次不同寻常的手术，我更加理解了患者，一周后我又回到了自己的岗位上，再一次来到了这个熟悉的手术台边，而这次我是站在无影灯下。

从一个身患疾病的人变成了一个健康的人，从一名患者再次转变成了医生，我在轮换着这种角色，仿佛做了一个美妙的梦。

作为平凡的人，颈椎病、上呼吸道感染、失眠这些常见的疾病也会时常困扰着我。每一次病痛期间也是给我一段思索的时间，住院期间，我有机会和患者同住一间病房，更能体验他们的痛楚。这次住院让我赞叹医学神奇的同时，更加明白病痛期间他人的关爱是如此的重要，医务人员小小的问候和关心都能给患者带来战胜疾病的巨大信心。

生病时候的疼痛总是让人没齿难忘，若干年后你再次回忆起来还是会觉得坐立不安。由于长时间处在一种压抑的氛围中，慢性疾病的痛不仅折磨着患者的身体，还在无形中摧残着他们的心理防线。当疼痛经过治疗不能改善，患者便从开始看病时的满怀希望转为后来的失望，直到最终的绝望。

这是一位外地来沪治疗的中年患者，长期后背部酸胀疼痛，做遍了全身的各项检查，在当地多家医院进行过各种各样的治疗也没啥效果，经过多方打听来到我们医院治疗。

由于经过多年的保守治疗无效，我们再次为他进行全面细致的检查，全身的骨质及脊髓未见异常，最后考虑为后背部肌筋膜炎。这种慢性疾病的患者心理负担通常也很重，治疗过程中我们也更加注重患者的心理变化。

在制定了详细的治疗方案后，我们给患者进行了背部软组织松解术。术后加上止痛消炎药物的综合治疗，患者似乎对治疗效果也很满意。

成功的手术，对于我们医生和患者来说都是最想要的结果。

我们无法从术后的影像学去评定这台手术的成功与失败，患者术后的感受成了检验手术疗效的唯一标准。他感觉疼痛减轻，就是成功的手术。我们也相信通过手术情况会有所改善，对于这样的疑难杂症病例手术也不止一例，而且患者均疼痛减轻满意出院。

可这位患者伤口尚未拆线，疼痛再次成为他口中唯一表述，他的疼痛似乎没有丝毫的减轻。每一天见到他都是愁眉苦脸，犹如被马蜂蜇过般在病区里坐立不安，来回走动。

慢性疾病长期的折磨，不仅影响了他的睡眠和生活，对他的心理也产生很大的影响。我们无法断定他是躯体上的疼痛，还是精神上的痛苦，也尽可能地从药物和人文关怀去缓解他的疼痛。

多年的慢性疼痛从生理和心理上无数次摧残着他的内心，也许他把最后的一丝希望寄托于此次手术，当最后的一根救命稻草断裂的时候他的心理防线也彻底崩塌。我们叮嘱患者妻子好好看管好自己的丈夫，也担心一些意外会发生。

尽管我们为他倾尽所有心血，准备转往上级医院继续治疗的时候，意外还是在他出院前的一天发生了。

"32床的病床上是空的，病人不见了！"凌晨夜班刚交班的护士惊慌失措地大叫起来。

我赶忙起身奔向病房。只见患者床位空无一人，身旁陪护的家人也连忙起身，揉着红红的眼睛，似乎还不知道发生了什么。

"你老公呢？"我赶紧问在一旁的患者老婆。

"刚才我还看到他躺着呢，见他睡着打呼噜了，我也就睡觉了。"患者的妻子急忙回应。

我心中顿时有一种不祥的预感，赶紧拿起手电和患者老婆、护工阿姨一起下楼去找。心里也暗暗祈祷：快点出现，千万不要在我的班上出事。

冬天的夜，远方漆黑一片，寂静得如一潭死水，让人感到有些凄凉。路灯下的马路根本没有一个人影，远处急诊科的大灯箱依旧映衬着血色的红十字。

我们一群人没有放弃医院的每一个角落，门卫师傅也没有看见穿病员服装的人离开医院。我们努力地在急诊、病房的大厅，还有厕所寻找着，始终没见人影，不得不加快搜寻的脚步。

"那是什么？"一旁的护工阿姨大叫了起来，同时后退了几步。

顺着手电光线的方向，我在病房大楼后的花坛上发现了一团血肉模糊的东西，裹着条纹状的衣服，走近一看，正是我们寻找的患者。空气里弥散着浓烈的刺鼻味，四处溅落患者的人体组织，一摊鲜血染红了花坛边上的台子，血液已经凝固。尽管我是外科医生，也没有经历过这样的场面，让人不寒而栗。

接着传来的就是患者家属的号啕大哭声，哭声打破了夜的宁静。我们一边劝慰病人的家属，做好安抚工作，一边不得不戴上厚厚的口罩收拾着四处散落的患者残肢。当尸体被盖上黄色的袋子推到太平间的时候，我也忍不住干呕了起来。

这个夜注定了无法安然入睡，科室主任来了，医务处主任来了，管床的医生、护士都来了。

从那以后我真的相信"疼死人"这句话是真的，疼痛真的可以死人。

后来的几年里，我们医院也陆续出现几件患者跳楼死亡的事，大多数都是晚期恶性肿瘤的患者。尽管每天面对着充满鲜血的伤口，但每每透过窗户看到楼下即刻消逝的生命，心情还是难以平复，感叹生命是如此的脆弱。一个人能够想到用跳楼结束自己的生命，可想而知他们也承受着巨大的痛苦和心理压力，长期的病痛不仅折磨着他们的躯体，也摧残着他们的心理。在他们看来这一跳将永远地告别痛苦，也让他们的家庭得以解脱，但其实留下的却是这个家庭永远的痛。

从那以后医院也加强了防范，用螺钉将所有的窗户半封闭固定，防止有人轻易地推开窗子轻生。医院也更加重视患者的心理疾病的治疗，成立了心理科，各个科室还专门安排了一名护士作为心理辅导员，定期参加培训。对一些特殊的患者进行心理辅导，尽可能帮助他们渡过难关，即使身患重病也能积极微笑面对自己的人生。

身边的无形杀手

21世纪到来的时候，上海处处像煮沸的开水般沸腾起来。外滩跨世纪的钟声敲响，无数人为之欢呼雀跃，他们挥舞着手中的荧光棒，点点荧光在礼花的映衬下美轮美奂。黄蓝灯光映射下的万国建筑群以她冷峻优雅的姿态矗立黄浦江边，诉说着这座城市的历史变迁。

我所在的医院也搬进了一座高层的现代化大楼，我依旧坚守在平凡的岗位上。尽管身处繁华都市，但我触及不到城市的脉搏，更无欢愉而言，行走在街头，如同匆匆过客。医院也仿佛是这座城市里的孤立城堡，没有华丽的烛台和摇曳的灯火，没有王子和公主的故事，在这里只有冰冷的手术器械和永无停歇的脚步。无论城市如何繁华或荒芜，这里永远只会演绎医生和患者的温情故事。

我相信机会总是给有准备的人，在医院里我认真地学习骨科专业知识。或许是医院规模扩大，或许是我的执着与勤奋，我终于有幸成为这家部队医院的首批聘用制医生。当拿到第一个月全市最低工资时，我还是激动不已，终于用自己的不懈努力得到了回报，暂时拥有了一份体面的工作。

每天面对大量临床工作，患者复杂的病情也时常让我困惑，当自己不能以一个合理的说法去解释患者的病情时，我意识到自己的知识严重匮乏。身边的大学生、研究生逐渐多了起来，我也深知自己的学历低下。为了不影响工作，我一边工作，一边参加了医学院的大专自学考试。

工作刚有着落，这边自学考试还在进行，那边国家又实行了临床执业医师考试政策。生活没有给我半点喘气的机会，我不得不绷紧神经，在学习与工作的两条平行线上并驱前行。

手术室内，一台普通骨折复位内固定的手术如火如荼地进行着，刚才术中透视的片子显示骨折复位位置满意，散开到房间外的人群又集聚到了手术台边，打算缝合患者伤口。"滴"的一声，C臂机屏幕刚才还显示着的图像忽然不见了。

"这是谁啊，啥意思啊？"旁边的台上护士大叫了起来。

原来是实习生无意中再次踩中了机器踏板，毫无防护的我们再一次被这X射线近距离地照射了一次。

"你们有孩子了，我还没有生孩子呢！"

"我还要生二胎呢！"

"以后我生的孩子有缺陷我找你！"

一阵嘈杂声过后，实习生一脸无辜。怨气归怨气，手术必须有序地进行，我们仔细止血、缝合伤口，台上护士和巡回护士正在认真清点台上器械和纱布，不能有半点马虎。谁都知道射线的电离危害，不过对于我这样久经沙场的人来说已经习惯，感觉不到它的存在。

作为骨外科的临床医生，我们都无法回避X射线辐射，手术中要想取得一个良好的骨折复位，必须反复照射。射线的辐射是有一定的积累作用的，短时间照射你没有丝毫的察觉，也不会有太多的伤害作用,对于患者来说一生中暴露在射线下的机会有限,是不需要过于担心的。但这种射线连续多次照射将严重危害身体,特别是对身体的甲状腺、生殖腺的危害较大。它就像无色无味的隐形杀手慢慢侵蚀着我们医生的身体。

搬进医院大楼前,还没有手术台边这种便携式的 X 射线机器,我和我的老师不得不在放射科进行一些手术。大功率的电离设备使手术操作看得更加清楚,也让我们照射了更多的射线。

尽管穿上厚厚的铅衣,但也无法保护到我们身体的每一个地方。半个多小时的手术,每次下来总是满头大汗、全身湿透。就这样我们日复一日地工作,我甚至开始恐惧这样的手术,但我无法拒绝,为了自己的生活,也为了患者的病痛。

搬进了新大楼,我们的装备明显高端了许多,拥有了较前辐射量小了许多的床边 C 臂机,但也始终无法完全回避辐射。有时候我们为了手术取得一个良好的效果还需要"牺牲"一下自己,不得不在透视下操作,厚厚的防铅墙只能把更多的辐射反射到我们的身上。

由于我比较熟悉 C 臂机的操作流程和性能,其他科室需要使用的时候通常都会叫上我去协助他们。至今,我清楚地记得那次经历。

一台心脏冠状动脉栓塞需要放置导管的急诊手术,在还没有专门的 DSA(数字减影、血管造影)科室前,必须全程在 C 臂机的透视下进行。导管要在 X 射线的透视下从腹股沟股血管一直放置到心脏位置。因为只有两件铅衣,两名操作医生穿着,我只能站在机器旁边操作机器协助他们完成手术,毫无防护。接近四十分钟的持续照射，以至于C臂机保护性断电3次，只能重启后再次操作，就这样才完成了整个手术。

手术后我回到宿舍，整个人如同醉酒般昏沉，一直睡到次日早晨。后来得知辐射的危害如此之大，我也担心了起来，甚至害怕以后会影响生育。一般人家的孩子出生后首先关心男女性别，我则是赶紧把孩子全身看个遍，生怕多出个脚趾。

面对各种各样的患者，我们医务人员尽管加强自身的防护，但危险还是无时不在的。手术中的吸引器吸力已经开到最大，仍不能吸走电刀电凝后的烟雾，浓浓的骨水泥刺鼻的气味让人不得不屏住呼吸，腐烂的伤口让人闻了作呕。有时候我甚至觉得自己百毒不侵，犹如那池中鲢鱼，生活在污泥浊水中，却能将美味呈现在人们的餐桌上。

医生的手部损伤或感冒的时候是不允许上台参加手术的，避免将感冒或感染间接传播给患者，增加手术的风险。但我们有时候却不得不面对一些具有传染性疾病的患者，而作为外科医生天天在这种刀光剑影中工作，难免会有受伤的时候。

我的同事当中，基本上都有被利器刺破手指的经历，有被缝针刺伤的、有被注射器针头刺伤的，还有被手术刀片刺伤手指的，在一些创伤较大的手术中，血液溅入眼睛的情况也时有发生。受伤后通常第一时间会关注一下患者的血液检测结果，有没有乙肝三阳、梅毒等血液传播的疾病。在每一次听到患者的血液是健康的结果时，我们都会暗中庆幸自己的运气好。

多年前体检结果，我的血液乙肝五项化验检查指标全部阴性，但从未注射过乙肝疫苗的我，在后来一次体检中乙肝表面抗体居然出现了阳性，这不禁让我大惊失色，这意味着从没有注射过乙肝疫苗的我无意中感染过乙肝病毒。还好我是幸运的，正是这少量的病毒刺激了我的免疫系统，体内强大的免疫系统最终战胜了乙肝病毒，让我产生了抗体，否则我就也成了一名乙肝病毒携带者。我甚至应该感谢那位患者对我的恩赐，尽管无法记起是哪一次。

或许受伤的时候太多，无法一一回忆，但其中的两次让我记忆深刻。在一次骨折复位的手术中，使用止血钳止血、电刀凝血的时候，当助手将电凝键按下的时候，钻心的疼痛伴随着一阵烟雾从我的手指上冒起，电凝在我的手指上烫出一个深深的黑洞。或许是质量不过关的乳胶手套没有阻隔住电流，以至于后来再使用电刀的时候我都会有些心理阴影。

还有一次，在给一个肝癌骨转移患者化疗泵里面注射化疗药物的时候，可能是由于化疗泵表面较滑，在注射药物的过程中，充满化疗药物的针头划过泵的表面直接扎入了我的左手指腹部，此刻我恐慌的心情远远超过了手指的疼痛。我急忙拔出深深扎入指头的注射器针头，拼命地挤压着，任凭血液一滴滴地流淌。

伟大的母爱

世界上最伟大的爱莫过于母爱。我们从母亲温暖的子宫里诞生到人间的时候，睁开眼睛看到的一定是医生那双灵巧的双手，还有就是母亲那最深情的微笑。母亲的微笑是我们生命中第一份珍贵的礼物，微笑化作了心灵的灯盏，照耀着我们前进的路。

母亲不仅赋予了我们生命，用甘甜的乳汁哺育着自己的孩子，还在人生路上用尽力量呵护孩子的成长。每一个孩子都是妈妈的心头肉，生命中的每一次挫折更是离不开妈妈的关爱和鼓励，在子女们最需要的时候妈妈总会挺身而出，愿意为孩子们奉献一切。

我刚参加工作不久，一位患儿从贫困山区转诊到了我们医院。年仅 5 岁的男孩右上臂被骨肿瘤破坏后出现了一个巨大的窟窿，刺骨的疼痛让孩子整日哇哇大哭。

年幼的孩子依偎着妈妈的肩膀，用惊恐的眼神扫描着围在他身边穿着白大褂的人，双手紧紧地搂着妈妈的脖子，眼眶里的泪珠来回打着圈，警惕着每一个接近他的人。

妈妈一边焦急地哄着孩子，一边仔细询问孩子的病情，眼神里满是焦虑不安。

"医生，我的孩子会不会是恶性肿瘤，以后会不会影响发育

啊？"她瞪大眼睛盯着我

"手术后病理检查要是良性的预后可能好些，但也不能完全排除恶性。"我认真地和患儿家属做好术前沟通。

尽管从临床经验来看肿瘤初步考虑为良性骨囊肿，但在没有确切的病理报告之前，我不得不将所有的可能告诉她。

"你们要救救我的孩子，我三十多岁可就这一个孩子啊！"她眉头紧蹙，一副祈求着我的神态，只差跪了下来。

其实我也知道，越是年龄小的孩子，一旦患上恶性骨肿瘤，即便进行手术截肢治疗，生存的期限也不会太长。参加过好几个恶性骨肉瘤患者的截肢手术，即便去除病灶，很多人半年后还是因为肺部转移去世，还好从患儿的片子上看来良性骨囊肿的可能性很大。

对于这样的患者需要尽快手术清除局部病灶，植入新的骨头，否则上臂很容易病理性骨折，一旦上臂失去支撑作用，骨折后处理起来相对更为棘手。

对于成年人我们需要取患者的髂骨移植，或者使用人造的骨头填塞在被肿瘤破坏的空腔。小孩由于没有完成发育，通常无法取自身的骨头，如果单纯使用人工骨，一是需要支付昂贵的医药费用，二是过多的人工骨导致空腔局部融合率低，手术后的疗效差。经过再三考虑我们最终确定的手术方案，是彻底清除孩子上臂的病灶，使用其母亲的部分髂骨加上人工骨共同移植填塞在局部空腔处。

当我将手术方案告诉孩子母亲的时候，她没有犹豫就答应了下来。幸运的是母亲的血型和孩子一致，这也将大大降低植入异体骨的排异反应。

手术安排在周三的上午，科室早交完班后，两辆手术车在一个病区分别接走了母子俩。坚强的母亲这个时候自然不会让孩子看到自己流泪，原本心事重重的母亲突然间话语多了起来。

"娃子，好好听叔叔、阿姨的话，妈妈在隔壁房间等你。"

妈妈似乎忘记了自己也将被推入手术室同时进行手术，极力安慰着孩子。一旁的丈夫也顾不得妻子，趴在孩子的车头，嘴里嘟噜着家乡的方言，从孩子的嘴巴里也能隐约听到一些关于"爸爸""妈妈"的话。

手术车被同时推出了电梯，母子俩四目相望，妈妈还是不断地鼓励着孩子，男孩则一脸惶恐不安的样子，欲哭无泪。

手术室内洁净得一尘不染，耀眼的荧光灯将蓝白相间的墙壁照得发光，一个个戴着手术帽和口罩的人穿行其中。这里安静得只有麻醉机的嘀嗒声和手术床移动的声音。或许是看到了全副武装的医生和护士，原本坚强的孩子还是哇哇嚎叫了起来，哭声惊动了整个手术楼层的人。

孩子的妈妈一边擦拭着噙满泪水的眼睛，一边不停地哄着哭闹中的孩子。手术室里的护士们都被这个场景感动，纷纷过来安抚孩子，他们一会拨弄着孩子的眉毛，一会抚摸着孩子的小手，鼓励着他要做一个勇敢的男子汉。或许因为孩子听到这甜美声音，看到护士们眼角露出浅浅的微笑，他终于停止了哭闹，四号手术间终于传来了乐呵呵的笑声。

因为是孩子，麻醉科主任和护士长也赶了过来。相邻的手术室，同时进行着不同的手术，儿子的手术在全麻中进行，而母亲的手术则在局麻下进行。嬉笑中的孩子在麻药的作用下渐渐熟睡过去，浑然不知自己经历了什么，而隔壁的妈妈看着头顶的手术灯，承受着巨大的心理压力，焦急地转过头来，不停地看着通往隔壁手术间的门。

麻醉中的孩子呼呼大睡，一切安静了下来，只有监护仪传来的嘀嗒声和手术器械的碰撞声。稚嫩的小手连接着匀速滴落的液体，让人看着很是心疼。

没有了孩子的声音，妈妈似乎更加心切。她暂时忘却了局部麻醉的疼痛，四处张望，不时地询问周边的医务人员，打听隔壁儿子的情况。

无影灯下我们认真地操作着，将侵蚀患儿上臂的肿瘤组织彻底清除，用石炭酸、酒精反复烧灼肿瘤破坏过的残腔，一切准备就绪后就等待着植入新的骨头。

半个小时后，冰冻病理检查报告显示孩子上臂的肿瘤为良性肿瘤。当我们将这一消息告诉孩子母亲的时候，这个坚强的女人失声痛哭了起来。泪水顺着微黄的发髻流到了手术台的枕头上，湿了整整一大片。我想，她更多的是庆幸儿子胳膊上的肿瘤为良性，一颗悬着的心终于可以放下来了。

带着妈妈温度的骼骨被修剪成大小均匀的颗粒状，连同人工骨一起植入了孩子上臂，将破坏的残腔填塞满，手术顺利完成。母子俩再次在病房里相见，母亲热泪盈眶，连声道谢，孩子则在一旁呼呼大睡，全然不知道经历了什么。

母亲就这样让孩子的上肢获得了新生，母子痊愈后出院。一年后再次复查，妈妈的骨头已经和孩子的骨头融合在了一起，片子上那里的骨头明显比其他地方更结实。孩子也长大了不少，紧紧拉着妈妈的手，来回在病区里嬉戏，我们医生护士再也不是他心里的"怪物"了。

后来我们陆续也做了几台这样的手术，每一次的手术都让我感动。一个个母子间真情演绎的故事就这样在我身边发生，不仅让我看到了母亲的善良、淳朴，更让我看到了母子之间血浓于水的亲情。我也常常在思索，母亲用她那宽厚的肩膀为我们撑起了一片天空，为了我们的成长奉献出一切，甚至生命，我们又做了些什么呢？

病房是我们共同的家

没有受过高等教育的我，渴望大学校园的生活，那是一段人生最绚烂的时光，有爱情，有友情，有激昂的青春在飞扬。

理想的征途中我不曾停下脚步，我渴望自己能提升学历，以后拥有一个更好的发展机会。虽然是成人医学大专自学考试，不能像别人一样悠闲地在高等学府学习，但能有机会学习到更深奥的医学理论知识，我也满心欢喜。我享受着学习的乐趣，也在工作中收获更多感动。

我得时刻绷紧脑袋里的弦，作为刚刚入职的小医生，不得不整日趴在电脑旁书写患者病史，谨慎地给患者做一些诸如换药、打石膏的小事。

业余的时间除了参加自学大专的一些课程学习，还要抽出时间复习医学理论知识，为参加国家执业医师考试做好准备。隔三岔五的考试，让我疲惫不堪，加上工作中的精神压力，我时常在噩梦中惊醒。

如果没有充分的准备，考试前一定如坐针毡。我知道每一次的考试都不会有丝毫的作弊机会，只能做好最充足的准备，不浪费点滴的时间和机会。

对于入学后数学从未及格过的文科生来说，生化和统计学无疑是我医学学习中的最大障碍。尽管我把整本书都翻烂，也注定无法通过这两门考试，那些生物分子式及统计学对我来说一片陌生。尽管参加了课外辅导，课堂上老师讲解得绘声绘色，但我对那些东西仍旧迷惑不解。在首次考试失败后，我只好选择发挥文科生的长处，几乎背诵了整个书本的文字部分。

日日夜夜都在煎熬中度过，但我坚信，当自己最想放弃的时候，通常离成功不远了。还好，这一次我终于涉险过关，两科成绩均达及格线。

努力工作带给我的是最基本的物质基础，不断学习给我的人生增添了永远向前的精神动力，我小心翼翼行走在这两条线上。频繁的考试和忙碌的工作，让我根本没有机会离开科室半步，每天就在医院和学校之间奔波，病房也成了我的家。我爱这里，夜晚有明亮的灯光，夏日有清凉的空调，即便夜深人静，也有夜班的小护士和我共诉衷肠。我无法触及都市的繁华，只能在知识的海洋中感受踏浪的激情，在过往的人群中品味七彩的人生精华。

当然把病房当作家的人，还有从未间断的患者们，这些南来北往的病人，伴随着我度过一个个春夏秋冬。其中就有一位患者，不仅伴随着我度过了人生最艰难的时刻，也陪伴着我在医学的道路上不断成长，直至今天。

十五年的时光足足可以让一位青春昂扬的青年变成一位成熟稳重的大叔，也可以让一个斗字不识的少年变成知识渊博的博士。有这样的一位老人在病榻躺了整整十五年，陪伴着我度过了这段青春时光。他见证了我人生最好的时光，我却见证的是他孤独落寞的晚年。

如果没有当初武断决定的手术，或许他正扶拐蹒跚在公园的一角，或许正独居一室看着精彩的电视节目。当然时光不会倒流，医生一个错误的决定也会改变一个人的一生。

手术那年老人家已经是七十五岁高龄，腰部疼痛、活动不便对他来说已经是老毛病，就是搁在现在也是常见病，吃点药，打点针也能够缓解不少。然而，因为决策者不顾一切，坚持手术治疗的主张，让这位老人彻底丧失最基本的站立能力，直至瘫痪在床。这个错误的决定也让这位耄耋老人始终留在决策者的身旁，直至这位主任后来退休。

清楚地记得十五年前的那次病例讨论会，当时我是作为进修医生参加那次会议。会议讨论相当激烈。

为高龄患者行腰椎后路减压植骨内固定术，无论对于内固定技术还是患者的适应都很勉强，我们也都很清楚，这样的内固定新技术当时在我们科室并未实施过，操作水平十分有限，高龄患者的手术难度和风险更是巨大。把一个崭新的试验性的技术首次应用于这样的患者身上，参加全科讨论的人几乎全部投了反对票。作为一个小医生，我只能一脸茫然地旁听，一知半解的我当然也无法提出自己的见解，只能认为多数医生认定的事情是正确的。

或许是想在医疗上有所突破，或许是其他原因，科室主任还是坚持手术治疗的方案。为了取得理论上的支持，甚至让我拿着患者的片子找到了当时的外院权威专家。在专家"可以手术治疗"的治疗意见基础上，科室主任更加坚定了自己的决定。当然术前讨论记录上我也赫然写着：经过激烈地讨论，大家一致认为患者有手术治疗指征，都同意了这次手术方案。

对于一个技术条件有限的手术，操作难度可想而知，加之此前并无太多相关手术操作经验，完全靠理论上的指引，手术注定一路艰难。腰椎椎板、神经根管减压，钢钉螺钉的反复植入，C臂机的来回透视一直交替进行着，豆大的汗珠也不断地从每一个人的额头渗出，作为助手的我只能在一旁拉钩观看，提心吊胆，甚至连咳嗽也紧紧憋牢。主刀医生更是焦急万分，不顺的手术彻底激发了他潜藏的坏脾气，他不停地敲打着我拉着钩的手。

"拉好钩！你们助手怎么配合的？不暴露清楚怎么操作？！"主任医师恶狠狠地盯着我大声吼道。

"电刀、电凝能不能再大点？！不行把护士长叫过来！"还没等我缓过神来，他又朝着台上洗手护士大声训斥着。护士委屈得一言不发，我相信如果不是担心眼泪落到手术台上污染了器械，她一定会落下眼泪。

护士长急忙赶来，连忙调试着无影灯。仿佛手术中所有的不顺都是下面医生和护士惹的祸，我们都沉默不语。我们知道任何的反驳此时只能增加主刀医生的心理负担，也将延长患者的手术操作时间。

手术就在这样沉闷而紧张的气氛中进行。透过覆盖患者身体的手术大洞巾，我时不时地瞅一眼患者的面部。全麻插管后的老人，面色苍白，取了假牙插着呼吸机管子的嘴巴略显干瘪，我甚至担心他一直睡过去不再醒来。一旁经验十足的麻醉师盯着监护的屏幕一刻也不敢放松。

我丝毫不担心手术后患者的症状能否改善，我只希望这样的手术快点结束，患者能够平安地回到病区。

手术从上午九点一直持续到了午后，血液不断通过输血管道注入机体，又随着吸引器的管道循环到了引流瓶。天色渐晚的时候，手术总算结束。在苏醒室我一直陪伴着患者，直至他清醒了过来。看到他的下肢能够自由活动后我如释重负，战战兢兢地离开了手术室。

术后的片子显示内固定的位置差强人意，好在患者至少没有瘫痪，我也松了一口气。经过一段时间的治疗，患者似乎感觉症状缓解了，于是出院。

然而，出院后不久患者又回到了医院，他腰腿痛的症状越发严重，甚至靠安眠药和止痛药物才能入睡，更无法站立行走。这一次住院他再也没能够出院。这位本院原来的门诊部主任，享受着师级干部待遇的患者，这次住院算是真正享受了军人免费住院的待遇，而且一住就是十几年。尽管后来手术取出了他身体内的不锈钢内固定钢钉，配合多重的药物治疗，但患者的症状始终没有改善，直至大小便失禁，终生卧床。

多年来，每天让阿姨买份报纸已经成了他的一个习惯，每一个生日我们都会在病区里为他点燃生日蜡烛。就这样在春来秋往的岁月交替中，他成了我们病区里面住院最长的患者，也成了陪伴我们时间最长的病人。他见证了医生、护士的成长，也目睹了医护人员的推陈换新。

病房成了我的家，也成了他的家，我们也成了离他最近的人，即便我们搬过几次病房，也不曾把他落下。每当主任医师带我们查房和他目光对视的时候，总是相互微微苦笑，其中的含义也许只有他们自己领悟得到。

　　两个级别都很高的医学专家就是这样在自己医院的病房相遇，演绎十五年间漫长的医患故事。退休医生将一生的精力奉献给了患者，到头来患上一身腰腿痛疾病，将自己的病弱的躯体交给最信任的战友，却因为战友的一个错误的决定导致终身残疾，然而甚至没有一丝的责怪。也许是同行原因，大家能够互相理解，不去追究。可试想一下，要是当时主刀医生不是一意孤行、武断决定，这样的悲剧故事或许就不会发生了。

无影灯下成长的女孩

有的人是含着金钥匙出生的，家庭殷实，健康无忧。但有的人出生时就疾病缠身，也注定这一生充满坎坷。他们只有身残志坚，不断地和命运斗争，才能在自己的人生舞台上闪耀光芒。

先天性髋关节脱位患者就是这样的一群人。通常都是患儿学步走路异常时其家长才能发现，当父母发现异常的时候，已经到了2岁左右。如果闭合性复位，蛙式石膏固定还不能纠正，她们就不得不接受一次又一次的手术。看似残忍，可一旦放弃手术，成年后她们脱位的关节会越来越严重，最终将失去基本行走的能力。

铭铭就是这样的女孩。一个来自浙江省舟山海边的孩子，如果没有这先天性疾病，她和大多数孩子一样会度过快乐无忧的童年。可以想象幸福的一家三口海滩边手牵手，踏着海浪，吹着海风，相互追逐，那是多么温馨的场面。然而出生就带着疾病的孩子，不得不经历别样人生，在反反复复的手术中慢慢长大。她在手术中艰难地度过了自己的童年，直至成长为亭亭玉立的少女。

我有幸和上海市新华医院的一位儿科专家一起为她多次手术，乐观坚强、快乐无忧的女孩让我记忆深刻。

就是这个整天乐呵呵的孩子，牙牙学语时就被确诊为双侧髋关节先天性脱位，来到医院就诊时髋关节脱位已经很严重。在儿科专家的指导下，我们给她做了内收肌腱切断，髋关节闭合性脱位复位石膏固定。麻醉中熟睡的孩子可爱至极，第一次为这么小的孩子手术。触摸着她那婴儿般的皮肤，光滑细腻，如同一块羊脂白玉，让人心疼，还好只有一个小小的刀口。

就这样折腾了几个月。原本希望这样的小手术能够解决问题，但由于患儿髋关节脱位过于严重，拆除石膏后她的髋关节再次出现了脱位，根本无法保守治疗。必须尽早要做更大的手术，将脱位的股骨头放到正常的髋臼内，才能让她的股骨头以后有一个良好的发育，恢复髋关节正常的解剖关系，对今后的影响才能降到更低。这种手术对于成人来说都是个大手术，何况对于一个孩子。面对一个尚不懂事的孩子，我有些不知所措。当儿科专家给了我一个坚定的手术方案时，我才缓过神来，这次手术注定任重而道远，我们必须做好充足的准备，有计划地分次完成手术，在青春发育期之前为她塑造一个正常的肢体结构，尽可能将先天性疾病对她以后的影响降到最低。

半年前见到她时，这孩子只会牙牙学语，除了"爸爸""妈妈"口中冒不出几个词来，再次见到她，她像施过肥的小豆苗长高了不少。爸爸妈妈牵着她的小手，走起路来的她更像一个小鸭子，来回晃动着自己的身体，含着棒棒糖，看着一群穿着白大衣的工作人员，乐呵呵地笑着，让人忍俊不禁。

孩子的生长快得惊人，浑然不知自己的疾病。懂事的孩子见到医生护士就大呼医生叔叔、护士阿姨，快乐得像个小笑星。她越是懂事，我们越是心疼。一旁的爸爸则是眉头紧锁，低头不语。

"保守治疗无效，必须尽快手术，否则脱位的股骨头不能在髓臼内生长，将对以后的关节产生很大的影响，影响行走功能。"儿科专家焦急地和她父母说。

"手术必须在她尚未发育的时候有计划地进行，左侧做完做右侧，一边恢复良好再去行另一侧的手术。"教授急忙补充着说。手足无措的孩子爸妈只能在一旁连声答应。

"小江医生，你给她备点血，手术最好安排在周四的上午。"教授转过头来吩咐我。我们单独做这样的小孩手术很少，并无太多的经验。但我知道，一台需要备血的手术必定是一台复杂的手术。手术安排在上午第一台，一方面保证我们有足够的精力，另一方面也是怕孩子饿着。

周四的早上，还没有交完班，教授就早早来到了病区，详细阅看了骨盆片子，和我们再次商讨了这次的手术方案。随后，她又一次将手术后注意的一些事项向孩子的父母交代后，轻轻地拍着孩子的脸。

"乖乖，奶奶给你做完手术后就回家，好不好？"

"好。"小女孩快乐地摇摆了起来。

"赶紧谢谢医生奶奶。"孩子父母亲赶紧补充着说。

"谢谢奶奶。"小女孩一边看着教授，一边赶紧抱紧了妈妈的大腿。

不久后，手术车将小女孩接到了四号手术间。懂事的孩子没有半点吵闹，这么小的孩子进入手术室的也不多，她那可爱的样子更是逗乐了一群护士，大家纷纷赶了过来，问着"怎么了"，她们似乎不愿意看到这么小的孩子出现在手术室。

在药物的作用下，孩子闭上了她清澈见底的眼睛，蜷曲着躯体，半卧在手术台上。尽管教授让我按照她的画线划开皮肤，我还是犹豫半天无从下手。教授拿过我的手术刀，随着一声"手术开始"，铮亮的手术刀片划开了她那细嫩的肌肤，渗出的血在她的臀部显现出一个巨大的"Y"字形。

手术紧张有序地进行着，为了这个小小生命的安全，谁都丝毫不敢怠慢。麻醉、器械护士全部由经验丰富的主任及护士长亲自上任，电刀、吸引器都更换成最新的，生怕小小的疏忽会给她造成更多伤害，疾病已经让这个孩子遭受了太多的磨难。手术台边围着的满是人头，无菌单覆盖下的孩子渐入梦境。

无影灯下，这位六十多岁的主刀医生如同慈祥的奶奶，聚精会神地做着针线活，透过悬挂在鼻梁上的眼镜，我看到她那深邃的目光中夹杂着暖流，仿佛寒冬里的阳光，温暖着这个小生命。她仔细地操作着每一个步骤：止血，结扎，分离，截断骨头，固定。我则在一旁认真地配合着她，决不让孩子多流失一滴血，点滴的出血都会刺痛我们的心。

整整半天的手术，在麻醉监护仪的嘀嗒声中一分一秒地度过，可能是注意力太集中，我们术后都没有感觉到丝毫的劳累。

麻醉后苏醒的孩子也没有像其他孩子那样哇哇大哭。也许她刚刚做了一个美妙的梦，在梦中她和一群小朋友在奔跑，在嬉戏。一场大手术，对于她而言或许只是一场梦而已，却让我们担心了半天。孩子毕竟是孩子，让人感到心酸的手术过后，第二天一个小芭比娃娃就把她哄得咯咯直乐。

孩子的乐观也极大地鼓励着我们医护人员，一会"奶奶"，一会"叔叔""阿姨"的，甜甜的嘴巴让我们心里像喝了蜜一样甜，让我们忘记了所有的疲倦。她用一脸的童真感染着我们，也让我们拥有了一颗炙热的童心，一段时间内我甚至忘记了所有的烦恼，生活在了她的世界里。她成了我们科室最耀眼的明星，她的病房成了自己的舞台，每一天都能从里面传来欢声笑语。

两年后同样的手术在她的另一侧髋部进行，四年后我们取出了她的双侧内固定钢板，六年后我们切除了她双侧髋部的疤痕。就这样，孩子在手术的过程中一天天长大了。

她始终将甜美的笑容挂在脸上，将快乐传递给我们身边的每一个人。在病房，在手术台边，我们的医务人员陪着她共同度过了命运多舛的童年。

最后一次复查的时候，她已经长成了亭亭玉立的小姑娘，完成了初中的学业。当她在我和主刀教授面前迈着稳健脚步行走的时候，我们感到了阵阵暖流涌上心头，如同修复了一幅残缺的世界名画《蒙娜丽莎》。她始终将美丽的笑容展现在我们眼前，也将坚强、自信和快乐传递给身边的每一个人。

如今，她的已经复位的双侧股骨头也在正常的髋臼里，伴随着她的成长渐渐变得更加结实，为她撑起了身子，也让她站得更高，走得更远。

医院里收获爱情

青春伴随着血液在身体里翻腾，血脉里充满着激情和冲动，孤独无助的我一个人漂泊在陌生的城市。我渴望爱情，期待一份真挚的感情，有一个共诉衷肠的人，所以对爱情的向往和追求也不曾停止。

尽管身处繁忙的工作之中，也不曾忘记卫校认识的那个女孩。她的温柔，以及青春靓丽的身影让我无法忘记，在闲暇之余我也提笔给她写过信，在数封信件中表达了我对她的欣赏和爱恋。尽管她的回信只是一些敷衍的言语，但我似乎也能得到一些精神上的愉悦，躺在床上能够阅读她的回信，无疑也是一种心灵上的慰藉，赶走一天所有的劳累。这或许就是暗恋，暗恋久了，也就成了一种习惯。我宁愿在有她的梦境里哭泣，因为有她的身影，一切都是美好的。

可是梦终归会醒来，后来她告诉我她已经有了未婚夫，生活也很甜蜜。我再也没有和她联系过，只是在心里默默地祝福她，留下这最后一次只言片语的祝福。

我和以前一样还在外科学习，只不过现在比以前更忙了，思想压力也更大了，毕竟又长了一岁，想的东西比以前多了，总之学习不会放松，逆水行舟，不进则退。在这样一个充满竞争的社会，我们都不得不去努力拼搏，找到属于自己的一片天空。

过去的一切就让它随风而去，正如你所说的其实每一个人都有自己的快乐和忧伤，人与人之间的每一次相逢都是缘分。正如你所说的那样，你有缘找到了人生的那一半，我真诚地希望他能够对你呵护、理解、支持，共同走好这段美好的人生。只要你过得比我好，这也是我对朋友最虔诚的祝福。只希望你们一同踏进婚姻的殿堂时，别忘记曾经还有我这样的一位朋友。我会为你们喝彩，如果我有了恋人，我也会和她一起为你们送上最鲜艳的玫瑰花。

青春，一个充满活力的季节，如同阳光下盛开的莲花，洁白无瑕；青春，如同燃烧起的火苗，从点点蓝光到熊熊燃烧，尽情绽放光和热，即便大雨倾盆也不曾熄灭。

后来认识欧阳云也是一个偶然的机会，作为军护的她在我们医院实习。也许受过前面一段感情的伤害，她的温柔和善解人意像一汪清泉注入我的心灵，让我受伤的心得到了安抚和滋润。我们闲暇的时候一起聊天，谈人生，谈理想，谈军营里面的摸爬滚打。尽管她没有美丽的容颜和妖艳的唇彩，但她有军人独有的气质，渐渐地我也喜欢上了她。

枯燥无味的工作和学习，让我的生活如同沉淀杯底的苦涩咖啡，灰暗的天空成了我世界唯一的色彩。心中的爱成为咖啡上漂浮的焦糖，让我的生活也多了一些醇美香甜味。因为心中充满了爱的力量，我们的世界也更加唯美，时光更是如同白驹过隙，一去不复返。

在她即将毕业的前两天，我写信向她表白的时候，得到的只是婉言拒绝，留下一句我们只适合做朋友，后来再也没有联系过。当爱情的梦想破灭，我们的友情也慢慢地湮没于时间的长廊中。

至今我们也未曾再见过面，连她的毕业去向我也一无所知。也许她和我一样坚守在卫生护理的岗位，像一个天使把爱献给了患者；也许她早已转业改行，相夫教子，做一个称职的家庭主妇。唯有这段感情深深地埋藏在我的心田，还有那封鼓励我的信件一直被我珍藏。

"今天听说了你说的那些话，我不知道你脑子是怎么想的，我当时的脑子还是紧绷了一下。做任何事情都需要看到后果，我是一名尚在服役的军校学员，学校两年的生活可以说是乏味的，每天做着相同的事情。军人总是有纪律约束的，时间的束缚，工作和生活的束缚。世界的确很小，逛一次街可以被很多人碰到，或许你当时没有什么感觉，可事后别人用狡黠的目光问你时，你心里也会感叹怎么这么巧呢？面子上也会觉得很难堪，而且部队里的人对这些话题是很感兴趣的，对你的工作也会造成影响。

"其实你也是一个不错的小伙子，人不错，工作也不错。或许你觉得我是一个坏女孩，一个花心的女孩，一个自私的女孩，可是我想了许多，也想了许久，我最后得出的结论就是我们做普通的朋友较好，这样我们相处会比较自然。

"别因为这件事情影响了你的工作，作为一名医生，特别是一名外科医生冒的风险是最大的，加之你有很好的老师，我相信今后你一定能成为出色的骨科医生，你行的，相信自己，加油吧！"

自学考试、国家医师资格考试、医院的考试几乎交织在一起，来回折腾着我，我不得不加紧学习的脚步。我时刻需要保持着清醒的头脑，生怕分神在手术中出现差错，根本没有时间去感受失恋带来的痛苦。

二十一世纪是互联网时代，网络改变了我们的工作模式，让工作更加便利。我们医院也实行了网络管理模式，用计算机书写病案资料。为了尽快适应工作，我不得不加班加点去练习。

网络给工作和生活带来了便利，让我在这交织的虚拟世界中认识了我的女朋友，直至某一天她成为我的妻子。

一天工作之余，无聊的我进入医院内部的一个论坛。对新生事物充满了好奇的我，随便点击输入几句问候语，得到了对方的一个应答。就这样陌生的我们在文字之间认识，慢慢地熟悉了起来，后来我们在线下相见了。

她是护士，我是医生，熟悉的医院，熟悉的话题，我们能够谈论的事情自然多了起来。或许同是来自异乡并单身的缘故，我们彼此更渴望一份感情的归宿，慢慢地我们走到了一起，互相找到了依偎的肩膀。

有句俗话叫"丈母娘抬高了房价"，其实是在说结婚的时候必须得有婚房，这种供需关系也间接促进了房价的抬升。或许房价与丈母娘无关，但在上海这样的一线城市，想拥有一个属于自己的房子实属不易。

一线城市的房价无人看得懂，像火箭一般直线上升，让人望楼兴叹。在我需要钱的时候，家里也无能为力。在女朋友和丈母娘的催促下，我们不得不倾其所有，加上母亲攒着的血汗钱勉强付了个首付，在距离市区二十多公里外的一个小镇上购买了一套商品房。

尽管这座二手房让我们身负巨额贷款，但当我们住进去的时候仍抑制不住内心的喜悦，我们终于在上海拥有了自己的家，我们离梦想又走近了一步。为了省钱还贷，每天我们乘坐两个多小时的公交车来回奔波，偶尔为了赶时间才奢侈一次坐上地铁。

2005年12月，我和女朋友领取了结婚证，成为合法的夫妻，终于告别了单身。那一年，我也终于通过了国家执业助理医师的考试，通过了大专所有的自学考试。我收获了爱情，也成为一位持证上岗的小医生。

婚礼在上海一家比较高档的饭店举行，所有的一切都由出了夜班的妻子安排，我这个"乡下人"什么都不懂。这一次我休了十天的婚假，这也是我从医多年来唯一的最长的假期。

在亲朋好友的祝福声中我们交换了结婚戒指，并且相互许下了结婚的誓言："无论今生的贫穷富贵，无论疾病与否，我们都要相亲相爱，携手走完人生"。

当欢乐的婚礼进行曲响起，我和妻子手挽着手踏过洒满花瓣的红地毯，七彩的纸质烟花瞬间喷出，撒满了她的发髻和洁白的婚纱。妻子绯红的脸颊露出了甜美的笑容，此刻的她成了今晚最美的新娘。

金黄色的香槟酒从杯塔上缓缓流下，如冬日里面的清泉，清凉而透彻。透过涌动的人潮和璀璨的灯光，我看到了在一旁的父母，他们的眼中饱含泪花。满脸皱纹的他们却没有欢呼，两眼紧紧盯着舞台上的我们。他们第一次见识如此高贵的婚礼，无法相信自己就置身在此，而婚礼的主角正是他们值得骄傲的儿子。多年的辛劳终于让儿子有机会脱离农门，告别农村，在城市成家立业。那是骄傲的泪花，为儿子的成才感到自豪；那是激动的泪花，多年的辛劳终于得到了应有的回报。

婚后我们从老家匆匆赶回医院上班。我们没有时间去度蜜月，更舍不得去花更多的钱，四十万的房贷像另一座大山深深压牢我们，几乎让我们失去了所有的自由。

两年后上帝带来了我们的宝宝，工作中照射了大量的 X 射线的我，不得不担心了起来，还好，这是一个健康的宝宝。我们翻阅了整个新华词典，最终将"哲"字加入到了他的名字里面。这"哲"当然是聪慧、哲理的意思，希望他在成长的过程中做一个有内涵、有教养的人，做一个对社会有用的人。

我为岳母手术

　　当家庭中有了我这个医生后，所有人的健康问题当然都交给了我，我自然也成了家中最贴心的健康顾问。亲朋好友有关健康的问题也总是咨询我，我也很乐意以医生的口吻回答他们相关的医学问题。

　　我很乐意成为朋友们的私人医生，这也成了我们沟通的另一种纽带。他们都说，身边多了一个医生朋友是如此的幸运。自己可以不做医生，但身边一定需要有个做医生的朋友，这可能是大家的共识。

　　儿子出生后不久，妻子为了工作不得不给孩子早早断了奶。尽管我们两个人只隔着几层楼板，在单位相见的时候也很少，每天上下班途中的两个小时是我们最好的沟通时间。上班时我们各自忙碌自己工作的事，回家的时候通常已经是华灯初上，尽管可以面对面吃上一顿可口的晚餐，但一天的劳累后大家再也不愿意说出一句话。

　　我们拖着疲倦的身子回家，看到了襁褓中的孩子，心情也会瞬间好转起来。温暖的家自然是我们心灵的港湾和加油站。

　　岳母是个能干的家庭主妇，她也知道我俩都在医院上班，工作压力很大，加上房贷、孩子的生活费，承受着更大的生活压力。为了这个家尽可能减少开销，她经常中午不做饭，而是晚上早早地将饭做好等我们回家一起吃。

早年岳父出海遭受意外离世，岳母一个人将两个孩子拉扯成人。她的儿子考上了军校，成为军官。她还把女儿培养成了护士。这些也是她的骄傲。

老婆比我小五岁，出生于不同的时代。我从小生活在农村，她生活在城市，早年因父亲是海员，家庭条件殷实富裕，衣食无忧，也养成了一些好高骛远的坏习惯。我们有时会在一些家庭琐事上争执不下，但当看到白白胖胖的儿子时也就相安无事了。

精明能干的岳母总是在我们家扮演着免费保姆的角色，她将所有的爱都倾注给了我们和孩子。为了让我们安心工作，她成了我俩坚强的后盾。我们两一个是医生，一个是护士，当然也是她最贴心的健康顾问了。

好不容易轮到一个休息的周末，难得有个睡懒觉的机会，还在睡梦中，突然被一声尖叫声吵醒。

"二凤，你们两个快来看看，我的脚上长肿瘤了。"丈母娘大叫着。

作为医生护士我们最怕听到这样一惊一乍的声音，可能是由于长期在医院的关系，每一次的大呼大叫都会有些意外的事情发生，听到这样的声音我们顿时睡意全无。我还没有完全清醒就被老婆拉下了床，我们两人一起奔向隔壁的大房间。

因为怕孩子吵闹打扰我们两个人休息，儿子一直和岳母住在一起。还好吵闹声并没有打扰到熟睡中的孩子，他转了个身子又睡着了。

岳母一边用手按压着左侧足趾，一边急吼吼地对我们说："你俩摸摸看，我的脚趾咋长出了一个肿瘤？"

可能是我们经常在家谈论医院的事情，某某恶性肿瘤截肢，某某肿瘤医治无效离世，诸如这些，耳濡目染的岳母此刻也难免紧张害怕起来。

"我要不要紧啊？会不会死啊？我儿子还没有讨媳妇呢。"她害怕得几乎要哭起来。

我顺着她的手指按压下去，足趾间确实长了一个花生米大小的肿块，按照平时的经验，质地中等、边界不清、没有压痛的肿块我确实不能肯定它就是良性肿瘤。我内心也有些紧张，良性的切除就好了，可要真的是恶性肿瘤，真的要截肢咋办呢？平时手术锯过那么多的手脚，要是真的发生在自己的亲人身上咋办？

空气此刻已经凝固起来，我既不敢跟她说实话，也无法想出应对的谎言，怕她在我的话语中察觉到破绽而更加恐惧，只能闭口保持沉默。

"这是啥东西啊？不会是恶性肿瘤吧？会不会把腿锯了啊？"岳母捋了捋额头的头发苦笑着说，"我不会命这么苦吧。"

我刚想开口说话，妻子在一边抢先回答道："妈，你放心吧，这是良性的，切了就好了。"或许因为妻子也是在医院工作，说了这番话，岳母这才放下心来。一旁的我只能配合着她频频点点头道是，其实我知道这只是一些安慰的话罢了。

作为外科医生的我当然建议她早点手术，防止肿瘤恶变，切除肿块尽快做一个病理检查，如果没有问题就无须提心吊胆地过日子。在做好了岳母的思想工作后，我打算抽空亲自主刀将她身上这个肿块切除。

几天后，处理好家务，我借个车子将岳母带到了自己的医院。

为了不打扰其他医生护士，我打算在清创室为她做这个手术。在熟悉的清创室，当我戴上口罩，穿上工作衣出现在岳母面前，她还是愣了一下，尽管是熟悉的人，这样的装束她还是第一次见。过了一会儿她才缓过神来。

"不疼吧？你给我多打点麻药，我怕疼。"

"当然不会啦，你会知道，但一定不会让你疼，你女婿给你主刀你怕啥？！"我知道她很紧张，其实我更紧张，还是尽量安慰她。

一边打开手术包，一边和她聊天，说一些家里的琐事分散她的注意力。作为病人的家属，妻子这次获得了一个特权，就是戴着口罩陪在岳母的身旁，她一边拉着岳母的手，一边叮嘱我："多打点麻药，我妈妈怕疼。"

我一边点头答应，一边忙着抽取麻药，当然这一次我没有听她们的，虽然局麻药物安全性很大，但用量过多的麻醉药剂也会产生毒副作用。

手术刀片划开她的脚趾间的皮肤，岳母皱起了眉将头转了过去，她可能不希望我看到她的表情而影响我的操作。我也无法判断她是因为心理因素还是真的疼痛。她不说话，我只能一步步完成自己的手术操作。

一旁的妻子盯着我的一举一动，生怕我有半点的闪失。尽管我已经多次做这样的手术，但此时的心里还是有些发虚，毕竟是自己朝夕相处的亲人。手术刀所到之处也不像以往那么的干净利索，动作显然显得有些生疏。

我尽力平复自己的内心，尽力想象着这就是一个普通的老太太，有计划地一点点做着我的手术。当止血钳分离到深层组织的时候，麻药的作用弱了很多，我看到了她小腿的肌肉在震颤。匆忙用纱布按压住她的伤口，让她休息片刻。

岳母一边咬紧牙一边鼓励我："没有关系，你慢慢来吧。"岳母转过头来对我说话的时候，我看到她的脸色有些蜡黄。

妻子则是在一旁紧紧拉着岳母的手，大声呼叫着："你慢点、慢一点。"她似乎比岳母还紧张，虽然戴着口罩，但我还是看到了她已经湿润了的眼睛。妻子的表情顿时让我后悔起来，早知道就让其他人去做这个手术了，何必让一家人忍受着痛苦的折磨。

尽管我和妻子都在医院上班，这样的小手术已经司空见惯，可是当鲜血从亲人的伤口慢慢渗出染红了纱布，我内心也难免有了丝丝隐痛。

此刻的心情是复杂的，当止血钳将鱼肉状的瘤子分离出来的时候，我更担心这样的瘤子是恶性的。透过血肉模糊的伤口，我似乎看到了岳母再次躺在手术台接受截肢治疗，抱着残缺的下肢失声大哭，也能看到她装着假肢，扶着拐杖一瘸一拐地走着路。职业的本能让我很快镇静了起来，我必须以平常的心态对待每一个人，将自己的技术发挥到极致，认真圆满地完成这台手术。

还好半个多小时总算手术结束，我赶紧将岳母的伤口匆匆缝合后包扎好。此刻，我们三个人都是一身的汗，赶紧将取下的东西送进病理科检查。

一周后，切下来的肿瘤术后病理检查报告显示为良性，这样我们大家都放下心来。岳母也终于恢复了往日的笑容，继续为我们做香甜可口的晚餐，见人直呼自己的运气真好。

其实医生给自己的亲人做手术的时候，担心、紧张的情绪都难以避免，所以说一些大的手术通常我们自己都不会亲自上台，一方面为了避免这种心理负担会对手术产生影响，同时也给自己的助手带来更大的精神压力。我们只是在手术台下观看，有时候甚至看也不去看，将所有的信任交给自己同事，我们相信同事也一定会尽心尽力做好这台手术。

当医院方便的大门为我们医生打开之时，有些人却偏偏爱走后门。为了省钱，违背医疗常规，甚至连基本的术前检查也不做就直接手术，其实都是非常危险的事情。

一次医院内科主任的儿子车祸导致双侧锁骨骨折，在其母亲的招呼下，患者在未做胸片、心电图等任何常规检查的情况下，就在全麻下做了内固定手术。其实这是非常不可取的，不按照常规处理，一旦出事就是严重的失职，不但患者家属后悔不已，医院也将承担着很大的责任。

在医疗界给熟悉的人看病、手术出差错的屡见不鲜。当方便之门为他们打开的时候，如果不能按照医疗常规走，也将为他们的生命健康留下深深的隐患。

医生的眼里本无贫富贵贱之分，对于每一位过来看病的人，我们都应抱以平常心，当作一位普通的患者为他们诊治，用自己最大的能力去解除他们的病痛，这也许才是我们一生不变的追求。

医院的每一条医疗规范都是经历反复的推敲和血的教训才制定出来的，我们别无选择，认真履行这些规章制度才能避免更多的医疗差错和医疗事故。我们每一个人都应该遵守规则，当你跨越规则的约束，受到伤害的不仅仅是医生，更大的受害者则是患者自己。

忘年交

医生和患者都是普通的人，只是在转变着不同的角色，只要用心去服务患者，他们也会从内心里感激和尊重你。患者良好的人格魅力同时也会感染到你，甚至在生活中彼此会成为很好的朋友，在相互的关爱中友谊越来越深厚，也会跨越彼此的年龄。

初来上海时，我把医院当作了家，认识鲍阿姨自然也在医院。阿姨一次切菜不小心切破了手指，钻心的疼痛让她苦不堪言，匆忙间打车到了我们医院，正好我值班帮她收住院做了手术。

阿姨是个很健谈的人，还在手术台上就和我聊起了家常，短短住院几天时间就和我熟悉起来，邀请我等她病愈后去她家做客。当然对于这些客套话我也听了很多，并没有放在心上。

出院后她换药、拆线不便，我抽空拿着换药碗到她家帮忙换药，每次爬完六楼的楼梯我都气喘吁吁，难怪阿姨的体质还不错。最后一次拆完线的时候，热心的阿姨亲自下厨为我做了一桌可口的饭菜，知道我爱吃辣菜，阿姨改良了一道道原本甜味的上海菜。

闲聊中得知阿姨是一位回沪知青，在那个知识分子踊跃下乡的年代，她也积极响应号召，在农村生活了很多年。在苦难的缺医少药年代，医生在人们心目中的地位也是至高无上的，处处受人尊重和爱戴

　　或许是阿姨对医生有着独特的感情，也或许我来自农村，她知道我独自从外地到上海来打拼的不易。这位和我妈妈差不多大的阿姨对我嘘寒问暖，渐渐和我成了朋友。

　　后来她的手完全好了，退休在家的阿姨也经常步行三四公里来医院，带上她那最拿手的红烧鱼，挑我值班的时间来看我，亲眼看着我将鱼一块块咽下肚子才放心。她一边叮嘱我赶紧趁热吃饭，一边和我侃侃而谈，谈论她们那个上山下乡的时代，谈论农村生活是如何的艰难有趣，自己是如何和老公经过努力走到一起的。

　　我的思绪也经常在她的谈话中被带入五六十年代那个艰苦的岁月中，也能看到岁月的艰辛在她额头刻下深深的褶，我全然抛去了一天上班的疲倦。

　　每个时代都有每个时代的价值观、爱情观，都有那个时代特有的辛酸和快乐，我们只是出生在这个时代，更没有必要去为了自己曾经经历过的点滴坎坷而耿耿于怀。通过阿姨的叙述我才深深体会到了医生在他们那代人心里是如此的高尚，医生不仅能够妙手回春、悬壶济世，拥有高超的技艺，还能以高尚的品德感召一代人，引领时代的潮流。

　　我们没有年龄的隔阂，在每一次温馨的谈话中我都似乎感受到了一位母亲对孩子的爱。我也抽空去看她，热心的阿姨甚至还四处张罗着给我找对象。

　　后来阿姨患上了肺结核，我四处张罗着帮她办理住院，找了护工悉心照顾她，显然我把她当成身边最亲近的人了。她康复出院后，在亲戚朋友的面前炫耀着是她的儿子把她的病治好了。

　　也许是我真诚实在，对他们真心照顾的原因，很多患者都成了我的好朋友。我也尽可能地去帮助他们，将自己的手机号码写在出院小结上，遇到不方便换药的我就骑车上门换药、拆石膏，他们需要了解医疗知识我就耐心地跟他们解释。我成为他们每个有需要的人的免费私人医生。能给他们科普一些医学相关的知识我也很有成就感，如同一位老师谆谆教诲自己的学生，而学生以优异的成绩回报。

印象中最深刻的要数这样的一个家庭，让我终生难忘。

2004 年夏天，我值班的一个午后，轮椅推来了一位六十岁出头的阿姨。由于雨后路滑，阿姨不慎摔伤了膝盖，"严重粉碎性髌骨骨折"这样的诊断还是着实让我吃惊。

看着阅片灯上断裂的骨头影像，阿姨捂着膝盖瞪着眼睛问我："严重吗？不会残疾吧？"

"骨折是粉碎性的，关节的骨折可能影响较大，手术后需要休息很长一段时间的。"我耐心地跟她解释。

"那我孙女咋办啊？我还要接她放学呢。"阿姨喃喃地说。

我极力地安慰她说："手术不大，很快就会站起来的。"尽管我知道这样的手术恢复到正常行走至少也要半年，为了安抚她紧张的情绪，只能尽量避重就轻地跟她解释。这样的手术我们已经能够做得游刃有余，但关节损伤后创伤性关节炎并发症导致的膝关节疼痛是在所难免。

手术在傍晚急诊进行，我们将她断裂的骨头拼凑了起来，钢丝一圈一圈地捆扎了起来，一个七零八落的髌骨就这样被重新聚集到了一起。手术后患者的膝关节肿胀疼痛明显好转了起来，阿姨也平静了起来。

尚未拆线的阿姨早早就出了院，由于家就在医院附近，我也和往常一样，隔三岔五去给她换药，一直坚持到了拆线。后来她定期过来复查拍片，我就指导她活动锻炼，她也慢慢丢掉了起初使用的拐杖。

一天我在去医院门诊的路上，一个声音出现在我的身后吓我一跳："小江医生，我来看你啦。"

我转过身子，看到了阿姨站在我的身后，乐呵呵地看着我。

"咋样，我现在不用拐杖走得也挺好吧？"

"挺好的，都看不出骨折过。"我微笑着说。

"那是，谢谢你的照顾。"她一边说，一边低头从纸袋里面拿出了一个瓶子。

"知道你喜欢吃辣椒，我特意熬制了一些辣酱给你，里面还有虾仁，挺有营养的。"

"谢谢阿姨！"我接过辣酱，一阵暖流涌上心头。好久没有这种感动了，我似乎感觉到了那熟悉的身影，那不是好久不见的妈妈吗？

春季临近，她邀我去她家做客。好久没有见到她，也想看看她的情况，于是我提上水果，找到了她居住的小区。

这是市中心的一个高档小区，楼下停着各种豪车，门岗森严，大红灯笼已经高高挂起，空气中残留着烟花燃放后的火药味。

我小心翼翼按下了她家的门铃。当阿姨推开门，看到提着水果的我时还是有些激动。

"干吗呢，一个医生过来看我还提着东西，应该是我们去看你啊。"阿姨和在一旁的老公异口同声地说道，赶紧招呼我坐到沙发上来。

阿姨家的房子很大，家里收拾得干净利索，音响里正放着高雅的轻音乐，沙发上垫着毛茸茸的羊毛垫子，我担心会坐乱上面的羊毛，呆呆地站在边上。

"来，来，来。"她拉着我的手让我坐到沙发上，一边剥开糖果让我吃。

茶几前，她活动起来了自己受伤的下肢，在我面前走动了起来。

"小江，你看，阿姨现在的腿恢复得咋样啊？"她得意地说。

我知道对于粉碎性骨折恢复到这样的程度已经算很好，连忙回应："当然不错了，还是你配合得好。"

阿姨一边给我泡上了茶，一边给我端来一盘水果。她把我当作自家人，介绍起来她的家人和工作，我也静静地听起来。她精神矍铄，神采奕奕，哪里像个生过病的人。

原来她和她的丈夫是大学教授，儿子在外地经商，一家人也是为了工作聚少离多，只有过年过节的时候才能相聚在一起。我也跟他们谈论自己是如何为了生活，为了理想只身一人从农村老家学医到了上海，如今在郊区安家落户。阿姨一边赞赏我的努力，一边鼓励我好好学习，争取更好地发展。

她叮嘱我中午一起吃饭，我婉言拒绝后她又转身到了厨房煎起了春卷，非要让我尝尝她的手艺。吃完后又带我去阳台上看她们家那只长得肥肥胖胖的加菲猫，还跑到钢琴边弹了一曲《欢乐颂》给我听。在她的家里我越来越放松了起来，无拘无束。

时间就这样在不经意中一点点流逝，阿姨也像正常人一样去买菜做饭，和过去一样去接送她的孙女上学、放学，我们有空也会互相打个电话聊些生活和工作上的事。每一年去看她我都有幸再次品尝阿姨做的那个炸春卷，香脆可口的春卷带着一丝上海菜特有的甜味。

十多年后，一个春节即将来临的前夕，阿姨仓促地给我打了一个电话，说她的丈夫突然感觉右侧肩部疼痛，膏药和止痛药物都无法止痛。当作肩周炎治疗无法改善后，我帮助他在医院做了一个全面的检查。

当全身 PET-CT（正电子发射计算机断层显像）检查报告出来的时候，全家人都陷入了一片沉思中。"胰腺癌全身转移"无疑对阿姨也是致命打击。我深知胰腺癌的治疗很复杂，而且晚期胰腺癌的诊断，意味着他在短短的几个月内可能就会离开人世。

这个春节阿姨全家带上了患病的叔叔去外地旅游，自那以后我再也没有吃到那香喷喷的春卷。

当我手机再次响起的时候，是阿姨儿子发来请我参加他父亲追悼会的通知。阿姨的丈夫在查出胰腺癌三个月后就逝世了。

在追悼会上我看到了阿姨，她憔悴了许多，精神也有些恍惚。她胸前别着一朵小黄菊，眼睛噙满了泪水，哽咽地说不出话来。我紧握阿姨的手，作为医生我从医学的角度向阿姨解释了这种疾病，尽力去安慰她，让她的心情恢复平静，使她尽早走出心理阴影。

也许是悲伤过度，自从她丈夫去世后阿姨也郁郁寡欢，很少再看到她的笑容。阿姨在丈夫逝世后不久也患上了乳腺癌，手术还算顺利，但历经多次的化疗的她，在和我再次相见的时候已是骨瘦如柴了。多次的化疗也无法阻止肿瘤的肆虐，手术三年后恶性肿瘤还是转移到了她的脑部。

由于定点医疗医院较远来回折腾不方便，我在科室里给她安排了一张病床，输注止痛脱水的药物帮助她缓解疼痛，并且安排了最好的护士给她输液，减少她的疼痛。沉默不语的阿姨每次见到我的时候还是面带微笑，问我这问我那。

最后一次见到阿姨的时候，她已经好几天没有进食了，脸色灰暗，她消瘦得只剩下了骨架，显然是恶性肿瘤晚期恶病质的表现，她的弟弟和儿子陪在身边。

我刚做完一台手术尚未脱去洗手衣，就赶忙去病房看她，生怕再晚就见不到了。

病房里她戴着氧气面罩，半躺在床上大口地喘着气，目光有些呆滞，和多年前因为骨折躺在这个病房的阿姨判若两人。

当她看到我的时候用力地想坐起来，可是她连坐起来的力气也没有了。在儿子的帮助下她勉强背靠在摇起的床上，使尽了全身的力气，面带微笑嘴巴里喃喃地说：

"谢谢你，小江，谢谢你的帮助，阿姨真的不行了。"

"谢谢你江医生，谢谢你的帮助。"一旁的家人也连忙说。

"不用客气，应该做的，阿姨不急，会好起来的。"我无法想出太多的言语，也知道这可能是送给她最后的话，但看着病重中痛苦挣扎的她，我还是在心理上给予她最大的安慰。

我也不想说更多的话让阿姨来应答，我知道每一句话都会耗费她身体里面微弱的能量。我无法相信这就是我多年前认识的阿姨，那个意气风发、一头乌发的老太太，那个学识渊博的大学教授。

我无法控制住自己的眼泪，转身离开了病房，一滴透亮的泪珠滴落在我的胸前的洗手衣上。

当初她是患者，我面对着流着鲜血的伤口无所畏惧，可如今她一点点的伤痛都牵扯着我的心，让我心如刀割。两个原本陌生的人因为这种简单的医患关系从相识到相知，到生死诀别，我们已经跨越了简单的医患关系和朋友关系，跨越了亲情，她已经成为我生命中的一部分。

在生命的尽头阿姨强忍疼痛，感谢我一直以来对她和她老公的照顾，将最后一个坚强的微笑留在了世间，诠释了一段医生和患者真挚的情感故事。即便多年以后她的笑容也还是让我难以忘记，激励着我前行，让我更加坚定地去善待身边的每一位患者。

暗　战

　　医院本应该是一个纯洁的地方，拉帮结派的事情似乎不会发生，但涉及利益和个人观点的时候，同事之间、上下级之间也难免发生摩擦和争执。跟错人、站错队就会遭遇无数的"小鞋"和排挤，就算做得如何的圆滑，也必定像夹心饼干的中间奶油一样左右为难。

　　我只是一个小医生，当然不知道职场中的各种规则，不知道如何应对这种复杂的人际关系。我只知道尽可能多学一些高深的理论知识和临床实践经验，管好自己的患者，让患者和自己平安地度过每一天。

　　当我自学大专理论知识全部学习完毕的时候，不得不面临实习的问题，整日忙碌的我根本无法放下手头的工作，可是不去实习就无法毕业。我不得不辞去在这家大医院的工作，去了一家相对较小的医院上班。

　　在那里工作相对轻松，上午我将工作完成，下午赶往指定实习的医院上班。来回折腾半年后，我终于拿到了大专毕业证。

　　学习的脚步没有停止过，我一边工作，一边继续学习，直至完成本科所有的学业，最终拿到了紫红色小本本——国家执业医师资格证书，成为可以独立操作的临床医生。

由于我从未放弃过一线临床工作，当我拿到执业医师证书的时候，在理论上和实践上已经齐头并进，取得了很大的进步。当我艰难地拿到真正属于医生的证书时，我的许多同事都纷纷辞职了，有的是无法通过医师资格考试，有的是无法承受医生的辛苦和不对等的薪酬，唯有我每一步走得如此艰难，却不愿放弃。

虽然来到的是一家小医院，但小小的地方也处处暗藏"杀机"，一不小心就会被伤得遍体鳞伤。我必须小心谨慎地工作，还要学会时刻察言观色，学会做一棵随风飘动的墙头草。

自从在工作中拥有了更多的动手机会，我也成了科室的主干力量。一个小小的科室因为两个人的矛盾不得不分成两个小组，这样既缓解了彼此的矛盾，奖金成本各自核算也可以促进大家的良性竞争。

当我踌躇满志的时候，我的老师升职做副主任，分了组，我自然也跟着他。一场没有硝烟的战斗从我到来的那一刻已经开始，我或许就是这场战斗中受伤最重的人。

矛盾从若干年前貌似已经开始，在我来这边科室的时候战场硝烟正浓，这种矛盾似乎不可调和，无人看懂。同在一个科室的同事没有正面相视过，更不可能出现在同一台手术中。工作中各自为政，一个小小的争论甚至到了面红耳赤的地步，这种儿时才会出现的场景再次出现在医生之间，让人惊愕。

或许是来自北方粗犷豪迈的性格遇到了南方温柔婉约的性格，引发了冲撞与矛盾，当双方筋疲力尽无话可说的时候，受伤的当然是他们身边的小医生。我也成了他们的出气筒，不仅仅是我，还有一群小医生，甚至牵连到护士。

这天早交班还未结束，全屋子里面都是科室的医生和护士，他们因为对一个患者手术治疗方案意见不同而争吵起来。

激烈的争吵声打乱了交班的程序，一边的护士不得不中止了这一夜病人的病情汇报，低着头，略显无辜。我们这些小医生也只能面面相觑，无能为力，不知道站在哪一边才是正确的选择。正、副主任在一群人中展示着自己各自的权威，谁也道不清楚其中的缘由。因为我们知道站在任何一方都无济于事，而接下来工作中也将麻烦不断。

一场激烈的辩论赛就在眼前进行，我们当然无力欣赏，最好的方式就是回避。随后我们陆续自觉地走出了医生办公室，门在一声"砰"的巨响声中被重重地关上。

"我是主任，科室的事我做主，你必须听我的！"尽管门已经关上，那浑厚的声音还是隐约从门缝传了出来。

"你不配做主任！"我听得出那是我老师的声音。接下来就传来"啪啪"的拍桌子声音，还有那刺耳的玻璃碎裂声。

当我们查完房，把所有的病人看了一遍，这场激烈的争吵才休止。门被缓缓打开，两人前后悻悻离去。

当然，我们这些小医生不能也不会拉帮结派，我们和以往一样在一个办公室和病房工作，在一起学习进步，但在两个不同性格正副主任的领导下无形中形成了两大阵营。

我们大多数人作为聘用制的医生不敢有太多的言语，为了工作和养家我也只能慢慢学会适应这样的环境。我既要在副主任的手下干好本职工作，又要在大主任的领导下做好全科医疗外的杂事，其他的小医生也是这样。科里的工作气氛异常紧张压抑，这样的工作环境确实也让很多医生无法适应。往往他们之间的矛盾无法直接交锋的时候，我们这些小医生就会挨骂。一个科室的齐心协力和通力合作的精神荡然无存，我们不仅仅承受着医疗上各种风险压力，更要在领导的目光下学会慎言慎行，哪怕明哲保身，也不愿意被卷进这明争暗斗的旋涡。

一个科室难免有需要协作完成的大手术，需要两个组的成员共同参加。当一个主刀将不顺利的手术情绪发泄出来的时候，助手任何的配合动作都是令其不满意的，言语谩骂也会出现在无影灯下，更为夸张的是用脚踹走一旁上台的小医生。

再苦再累，我们也要将自己的本职工作做好，如果将这种不良的个人负面情绪传递下去，受伤的也许就是身边的患者，显然不利于自己的工作，也不利于病人的康复。

家和万事兴，家是如此，单位科室也是如此，在这样的工作环境下我们也只能熬一天算一天。除了尽力管好病人，大家根本无法专心去做点学术、写点文章，很多会议通知的单子到了主任那里也不会被下达，压抑的氛围越来越严重。办公室没有领导的时候我们会一起聊天，爽朗的笑声一片，但当主任推开门的那一霎，这里顿时寂静无声，每个人都是真正的伪装者。

那年厦门有个重要的创伤骨科会议，我和另一名医生想去学习，早早地安排好了病房工作，买好了来回的机票和预定了房间。虽然我们的医疗组长已经同意，值班也全部妥善安排好，但最后科室主任还是以病区无人值班为由拒绝签字，让我们的机票打了水漂。后来急诊缺人，他组下的医生轮一个月就能回来，我们这组的医生却都足足轮转了半年，直到后来我们医院有了固定的急诊医生，再也不用病房医生轮转为止。

这种环境中我们日复一日地工作，将一个个病痛中的患者治愈出院，内心却有了太多的委屈。两位领导无休止的争吵已经成了我们工作中的一部分，慢慢地我们也适应了。科室也许成了他们两个人的舞台，一场暗战潜伏其中，无论是喜剧、悲剧，还是一场闹剧，我们只是期待着它早点结束。

两年后主任退休，副主任上位，取消了分组。当权力有了唯一性，纷争也就此结束。原来的那位老主任作为医院的返聘医生也只是一杯清茶、一份报纸孤独地坐在偌大的办公室里，冷冷清清，在他的身上再也找不到曾经霸气的影子。

风华正茂的年轻主任改变了以往的工作作风，生活中我们像朋友，无话不说，工作上也能相互学习，通力合作完成一台台高难度的手术。科室的学术氛围也慢慢活跃了起来，我们尽情发挥着每一个人的专长，取得了很大的进步，科室也年年评优。

一年一度的科室聚餐如期进行，流光溢彩的灯光相互交织，如同复杂的人际关系。伴随着劲爆的音乐声，我们频频举杯，在觥筹交错的杯光中彻底摆脱这种沉闷已久的心情，迎来新的一年。

"新"主任和我们所有的医护人员一起唱起了那首熟悉的歌："把握生命里的每一分钟，全力以赴我们心中的梦……"是的，为了我们心中的梦，我们应该同心协力，因为我们是相亲相爱的一家人，我们更应团结友爱，为了恪守这份"健康所系，性命相托"永不更改的诺言。

莆田系

人们通常把承包医院科室的人归罪于莆田人，在网络媒体风起云涌的时候，就形成了"莆田系"这个词。

一些人承包医院科室的现象可能很早就开始有了，当然我来到的这家小医院也未能幸免。如果把"莆田系"归纳为莆田人的作为，有失偏颇。"莆田系"当然不应该单独指向莆田人，而是代表一些承包公家科室，然后希望通过医院这个平台，招揽患者而后通过患者获得利益的一群人。

一些人可能更看重名牌，包括看病。当患个感冒的患者都趋之若鹜地奔向三甲医院看病的时候，一些小医院却门可罗雀。为了生存，管理者不得不把科室承包给一些"莆田系"维持生计。双方互赢局面就此诞生。"莆田系"更加擅长利用部队医院的幌子去蒙蔽患者的眼睛，让患者更加信服，以至于很多部队医院都有他们的影子。直到某一天一个叫"魏则西"的人出现，才真正取消了这种模式。

我并不想带着偏见的眼光去看任何地方的人，也并无地域攻击的想法。曾几何时，这一群人从大街小巷都可见的狗皮膏药卖起，逐渐壮大起来，直至他们将触角伸至各大医院的各个科室。

虽然在他们承包期间，科室获得了很多的金钱回报，我们得到了高于往常数倍的工资，但有时我真想逃离这种模式下的工作环境，良心、道德、医德在他们的管理下荡然无存。原本以公益为目的的医院，因为过多利益因素参与，也多了几分商业的气息，患者更似来回搬运的商品。

在当今经济社会，金钱或许能够决定很多事情，他们在获得了承包医院的平台后，通过市场化运作，将各地的患者通过各种手段运转到医院，其中包括互联网。患者不断地被送进了他们承包的科室，像流水线上的产品源源不断地被加工，然后被收取昂贵的费用，这样不断地循环。更多的患者被一些假象迷惑，原本冷清的病区在这样模式的操作下，也会门庭若市。

他们似乎不会关心患者的家庭情况、受伤的原因、治疗的效果，他们只会关心患者缴纳了多少住院费用。尽管我们医生在这种模式下获得了很高的工资，但不得不接受着一次次良心的谴责。

为了完成各种指标，我一度认为自己是一个公司的员工而不是一个医生，有时候甚至觉得自己下流、卑鄙。可是我无法逃离，我需要工作、需要生活。我只是一个小小的医生，更无法改变这种现实状况。我唯一能做的就是努力把每一个手术做好，给予病患者更多的关爱，让他们花费大量费用后能够痊愈，直至康复出院。

为了这种市场化的运作，管理者也会通过各种途径招来自己的医生。没有医德的医生就会迎合他们的工作，为了公司的业绩，也为了能够得到更多的提成，甚至丧失了起码的良心。由于患者的住院费用和公司及医生个人的收入息息相关，以至于患者许多的治疗适应证被无限放大，治疗手术指征也被放大，导致了更多的医疗纠纷。

原本医生纯洁、高尚、睿智的形象在他们的管理下渐行渐远。乌烟瘴气在一段时间内始终笼罩着我们，使人压抑窒息。为了守住自己的道德底线，我不断地提醒自己，即使我不是一个优秀的医生，但一定要做一个称职的医生。

在股票行情的大幅攀升下，依靠三十万资金已经赚到了一百万的老李主任打算真的休息了，劳作了一辈子，好好利用人生的退休时光休息一番。可是好景不长，股票行情如同过山车，一个多月就像翻了个跟头，不仅将他所赚的钱亏了进去，连老本也搭进去不少。老李直呼后悔没有卖掉股票，把它换成房子还能再赚一笔。

其实人生有时候也像过山车一样，一辈子兢兢业业、勤劳朴素的李主任，刚刚从外院主任的位置上退下，就被"莆田系"招聘录用至我院工作。李主任总是在我们面前炫耀："我这一辈子所看的病人没有不好的，从来没有出过差错。"可是人算不如天算，在他即将好好休息、安度晚年的时候，却碰到了这辈子最不愿意碰到的事情。

由于遭受颈椎病疼痛的折磨，这位在上海打工的安徽农妇通过网络搜索找到了我们医院。"射频消融治疗椎间盘突出症"是"莆田系"的制胜法宝，对于腰腿痛的患者使用这种方法治疗，或多或少都有一定的疗效。

还记得那天，这位皮肤黝黑的中年妇女，手里拿着满满一袋的片子，身边领着一群人走进办公室。

中年妇女身着保洁衣服，一旁是提着洗漱用品的老公，后面跟着一男一女两个孩子，一看就是一家人。当他们办好住院手续后我瞅了一下患者颈椎磁共振片子：轻度颈椎间盘突出。这样的患者通常给予药物或牵引治疗应该就能够缓解症状，严重的才考虑手术前路减压植骨内固定治疗。

经验丰富的李主任打算给她进行颈椎射频消融治疗。正是这个已经做过数次的再平常不过的小手术，让这位主任医师在行医执业生涯的最后阶段留下了一个大大的污点，也打破了他口中的神话。

手术如期进行，局麻下的这个手术，只需要将一个细细的针头在 X 光下刺入患者突出的椎间盘，接上射频电极消融部分髓核就可以完成，通常只要半小时。可是这次手术结束后，患者却再也没有醒来。手术后患者即刻出现了高位截瘫的症状，四肢瘫痪，呼吸抑制。呼吸机连续用了两天，最终患者还是闭上了眼睛，两个尚未懂事的孩子永远失去了妈妈。

当患者的遗体推向太平间的一刻，撕心裂肺的哭声还是撼动了我们的心灵，也触动了这帮"莆田系"招来的医生。一个活生生的人走到了医院，以这样的方式离开，三十多岁的人就这样转眼即逝，也深深刺痛着我们每一个医务工作者的心。

当黑压压的一群人堵塞在办公楼和医生办公室的门前，生命就成了金钱的怯码，医患双方就赔偿的金额展开了拉锯战。在这帮"莆田系"人看来，源源不断的患者能够带来高额的经济效应，毫无医学常识的他们，对逝去的生命也不会怀有太多的怜悯之心。

为了息事宁人，最终就一个令双方都满意的赔偿金额达成协议，当死者的老公在协议上签下歪歪扭扭的名字时，这件事也算彻底结束了。金钱和生命就这样进行了一次简单的交换。

　　这些钱对于一位打工的农妇来说，可能是一辈子也赚不到的工资，而这条生命对于这一大家来说，或许只能换来一套不大不小的房子。丈夫将永远沉浸在失去妻子的哀痛中，两个孩子将永远失去妈妈、失去母爱，孤独将伴随着他们成长。

　　这件事也让这位老主任焦头烂额，不久他便辞职了。或许他会受到良心的谴责郁郁寡欢，或许他会回到乡下颐养天年，一切不得而知。

　　我近距离地感受到了医院被人利用，作为一个谋取金钱和利益的场所后，医患之间的关系也发生着微妙的变化。我切实感受到了这种承包科室给病人带来的伤害，严重损害了医院和医生的形象，也在潜移默化中加剧了原本紧张的医患关系。

　　还好后来在国家政策大环境的影响下，这种承包科室的模式被取缔，这才真正让医院清静起来，也让每一位在医院工作的医务人员内心可以更加坦荡从容，心无杂念，踏踏实实做好自己的本职工作。

戛然而止的生命

"常在河边走没有不湿脚"，说的是长期行走在河边的人，难免有会被河水打湿脚的时候。用这句话形容医生这种高风险的职业或许不太确切，但外科医生这种职业，的确是极具风险的，随时可能会面对患者的各种疾病险情。有时候，虽然我们为患者制定了周密的治疗计划，但对一些突发其来的状况也会束手无策。

内科疾病给予一些药物治疗后多少能够起到一些缓解的作用，好与坏短期内没有那么明显，纠纷与风险也相对较小。外科疾病通过手术治疗恢复快，手术能够起到立竿见影的作用，但对一些复杂的手术，风险也相对较大，即便手术顺利，术后也可能随时随地出现危险。

那年夏天，我们收治了三级医院转来的一个手术后的颈椎疾病患者。患者在手术后三天一切顺利的情况下转至我院。

一天早上患者突然脖子增粗，而且越来越大，随后脸色苍白、双眼上翻，出现神志不清的症状。值班医生由于经验不足，一时不知所措，无法确定病因，吸氧、心电监护后无明显好转征象，症状越加严重。

当我的手机响起时，我已经走进了医院。

幸运的是那天我乘地铁，较平时上班更早，来不及穿上工作服，就直奔患者床边。尽管氧气已经开到了最大也无法奏效，患者艰难地呼吸着，满脸憋得青紫，透不过气来。看着他粗大的脖子，我立即判断出是伤口问题，术后伤口内血管破裂出血，局部血肿压迫气管所引起。

我赶紧拆开部分缝线减轻局部压力，同时通知手术室急诊手术。术中见患者伤口内一个结扎的线头脱落，小动脉在搏动性出血。我们立即将血管重新结扎止血，挽救了患者的一条生命。

这件事让我深刻领悟了时间就是生命的含义，哪怕分秒的延误，患者局部血肿压迫，出现呼吸抑制很快就会死亡。我暗自庆幸那天能够提前上班，也体会到做一名医生责任心是多么重要。

从那以后只要科室收治重大手术患者，我总是和别人换班，自己亲自值班，只希望能够密切观察患者病情，在自己严密的监控下让患者平安度过危险期，即使出现意外也能及时有效进行抢救。

可意外总是在不经意间发生。三个月后，我们再次收治了一个二十岁的颈椎术后患者，她是因为颈椎肿瘤伴畸形在上海一所著名的三甲医院手术后转过来的。

豆蔻年华的她充满了青春朝气，扎着一个长长的马尾辫，一头乌黑秀发。如果不是因为疾病，她现在应该是在一所大学里面学习，可无情的疾病从来不会因为年龄、性别、容貌而有所偏心。我们是一个县城的，或许因为是老乡，我们多了一些相通的语言，也更为她痛惜，希望她伤口早点愈合出院，不要耽搁了学习。

转院过来后的第三天上午，她突然出现了颈部不适，局部肿胀疼痛，尚未拆线的伤口内渗出了鲜红的血液。因为有了上次的经验，我们立刻判断出是伤口内的血管出现了问题。患者尚未出现窒息胸闷症状，我们一边做好手术探查的准备，一边联系当时的主刀医生，在三甲医院主刀医生和助手的协助下进行了紧急手术探查。

手术中见患者由于先天性颈动静脉畸形，颈动脉明显膨大扩张畸形，动脉壁在动脉的搏动冲击下已经变得非常脆弱。术中根本无法去完全修补这样扩张的动脉血管，稍有不慎患者就会大出血即刻死于手术台上。我们只能将畸形分叉的出血血管结扎，止血纱布填塞局部压迫，仔细地缝合了皮肤，伤口里放置引流管。术后患者安全返回了病区。

之前在三甲医院通过检查，著名的脊柱肿瘤专家其实就知道患者的颈部血管畸形，恶性肿瘤伴随着颈部血管畸形，这样的手术风险极大，随时随地都有生命危险。考虑到孩子年龄还小，不做手术存活期也很短，在家属的苦苦哀求下，教授冒着极大的风险顺利地完成了手术。此次手术探查虽然顺利，但是我们也都清楚，患者由于严重的动脉畸形，薄薄的大动脉壁在强劲的动脉血冲击下也有可能随时破裂，一旦破裂根本无法救治。手术探查犹如一场赌博，结果只有输和赢，我只希望她能够平稳度过这几天，尽早出院。

手术下来后我内心一直忐忑不安，不断地巡视着病房。每当看着她那清秀的面庞、茫然的眼神和一旁悉心照顾的家属，我的内心都会更加不安。也许他们期待并相信这次成功的手术后女儿会安然无事，直至康复出院，周边所有的人都在谈笑风生，畅谈着生活中的奇闻趣事，只有我内心承受着巨大的煎熬和痛苦。我知道她的血管就似一颗炸弹，随时可能爆炸，瞬间就会带走她脆弱的生命。我坚守着病房一刻也不敢走开。

深夜，值班室急促的敲门声还是打破了病区的寂静。惊魂未定的我立即断定是这个病人出事了，没等护士开口，就奔向刚刚手术不久的患者。

"怎么了？"我惊慌失措地看着病床上的小姑娘发问。一旁的监护仪已经出现了红色曲线，数字在不断地跳动着，她的生命体征已经在急剧改变。

还没有得到她的应答，只见伤口引流管内瞬间充满血液，伤口的敷料被血液浸润湿透，鲜红色的血液从敷料的边缘快速流了出来。

"我好冷。"她几乎使尽了全身的力气，微微颤动着已经苍白的嘴唇说着。

她的面色如此难看，灰暗的面庞越显苍白，灯光下的眼睛透彻见底，却失去了灵气。监护仪已经发出了急促的报警声，血压直线下降，我知道患者的颈动脉已经破裂了，迅速调快了输液速度，吩咐护士赶紧拿来抢救药物。

尽管输液管内的补液呈一条直线输进她的血管，也无济于事。当我揭开纱布查看伤口的时候，鲜血从缝针的间隙伴随着巨大的压力汩汩流出，直接喷射了出来，溅到了床头的墙上，洁白的墙上瞬间被鲜血沾染。血液溅满了床头的栏杆、枕头。我的手臂、身上都是鲜血的片片印记，裸露的手臂也能感受到瞬间喷射出来的血液温度。

刚才还能应答的患者逐渐失去了意识，面容也逐渐变得惨白，她的眼睛慢慢地闭上了。透过那清澈的眼眸，我看到了她对生命最后的留恋。几根凌乱的头发伴随着鲜血贴在了她的脸上。她死了，死亡来得如此仓促，没有给我半点抢救的机会。我知道即便是抢救，那也是徒劳的。

尽管经历过无数次的抢救，也陪伴着无数的患者走过生命的终点，此时我的心还是震颤不已，内心充满着恐惧。作为医生我第一次目睹一个朝气蓬勃的生命就这样戛然而止，眼睁睁地看着她离去，而我却束手无策。

我第一次真正地感受到了死亡离自己是这么近的距离，我不禁有些惊慌失措，惶恐不安，甚至想立马脱下这一身白衣，即刻逃离这现实。可是我是值班医生，不得不故作镇静，孤立无援地处理好这所有的一切。

这一夜注定是一个漫长而令人不安的夜。生命转眼即逝，夫妻跪在床头紧紧搂着女儿尚有余温的躯体，始终不愿意离开。我们擦拭完死者身上、床头的血迹，给她盖上白色床单后，异常艰难的谈判彻夜进行着。

尽管两次手术前已经谈好话、签好字，但事情发生，家属的语气顿时变得生硬起来。科室主任和主刀教授深夜从家里赶了过来，整夜我们都是在做家属的解释和安抚工作。

教授晓之以理动之以情，仔细分析了患者的病情和整个手术的经过，得到了家属的理解。或许是家属也能理解医者父母心，最后患者父亲跪在了教授的面前，捶胸顿足失声大哭起来。他对教授的医术予以肯定，对我们的后续治疗也没有异议，尽管出现了意外，还是感谢了教授的精心治疗。考虑到了患者家庭贫困，为了孩子治病已经负债累累，最后出于人道主义关怀我们医院还是给了患者家属一定的经济补助。

　　因为这件事情对我的心理打击太大,我决定离开这所小医院,
一周后我递上了一封辞职信。不过我并没有辞去医生的工作,休
息几天后,我再次回到了我实习时候的那所军队医院。

急诊科的故事

当我再次以聘用制医生的身份回到原本工作过的医院时，不得不面临急诊科的轮转。尽管已经熟悉急诊科的工作流程，但提到去急诊上班还是着实让我全身汗毛竖立起来。当然，我也明白，不经历过急诊的历练，是无法成长为一名优秀医生的。

这是一个让人提心吊胆的地方，也是距离血腥与死亡最近的地方，当你挽救了一个生命或送走一个亡灵后，还得时刻准备迎接着下一个患者的到来，无休无止，直至工作结束。

或许是急诊科的工作压力太大，那一阶段医院急诊医生纷纷辞职，过少的医生根本无法排班，不得不让一些有一定临床经验的住院医师上任。急诊患者相对病情危重，需要具备良好的心理素质和执业能力才能胜任，我只能听从医院和科室安排，来到了急诊上班。

在急诊外科不仅仅要面对骨科的事，所有遇到的与外科相关的事都可能要处理，因为在临床工作了很长一段时间了，这点我并不会担心。

因为是急诊，无法确定患者疾病的类型和到达医院的时间，我们只能二十四小时待命。自从来到急诊，除了办公室就是值班室，吃饭叫外卖，上厕所向护士汇报，一个小小的活动圈子早已经画好。我不得跨越雷池半步，时刻为下一个患者的到来准备着。急诊那段时间基本上吃遍了周边外卖，方便面也在"康师傅"和"老坛酸菜面"之间交换着吃。

夜班更是让人受尽折磨，如同监狱提审犯人，往往刚躺下就被敲门声吵醒，护士小姐会用她那超过八十分贝的高嗓门大叫："快起来，来病人啦！"你不得不揉揉自己的眼睛，让自己清醒一会儿就立即去查看病人。

当你躺下睡眼蒙眬的时候，一阵急促的脚步声会令你瞬间清醒起来，当脚步声渐渐远去，才会有短暂的安然；当值班室窗外蓝光闪烁的时候，你也会集中精神，静候值班室的敲门声。如果过了五分钟、十分钟还没有熟悉的敲门声响起，你才能确定过来的是一个内科的患者，与己无关。正是急诊科上班的这一年，我学会了眼观六路、耳听八方的好本领。可是来回颠倒、紊乱无序的工作、睡眠，来回折腾着我，最终让我的生物钟严重紊乱。这让我不得不对来回倒班的小护士产生同情之心，更是明白了那些医生纷纷辞职逃离急诊的原因。

一段时间内，我甚至厌恶听到"江医生"这几个字。我想撒手不管任何事，找一个清净的地方、一份安逸的工作，哪怕只有微薄的收入。可是我却没有勇气，因为除了会看病，我什么都不会，定期的房贷压力也像一座山重重地压着我，不给我片刻喘气的机会。

急诊科的事情通常都比较烦琐，从换药、导尿到疾病的诊断分诊，所有的杂事都需要有条不紊地进行，对每一个患者，医生都必须保持清醒的头脑和判断能力。由于患者疾病的不确定性，短期内需要根据患者的病史、体征及辅助检查做出准确的判断，需要在临床上工作一段时间的医生才能胜任，否则很容易造成患者疾病的漏诊和误诊，从而延误病情，甚至会造成严重后果。来到急诊的每一个患者都是因为疾病比较严重不能耐受而来，通常脾气比较暴躁，这也需要我们保持良好的工作态度，具备一定的耐心。面对严重外伤和濒临死亡的患者也要做到沉稳应对，按照医疗常规进行精准的救治。

有时候不但需要处理好外科病人，对一些特殊患者通常需要内外科协作处理，共同抢救也是家常便饭。在急诊科你必须要学会争分夺秒。

一天午后，我正在给一个烂脚的患者换药，厚厚的口罩遮挡不住股股恶臭。一串凄惨悠长的急救声从远处救护车上传来，这声音越来越近，我断定它是直奔我们医院。

从未听过如此凄惨的救护声音，如同一个人声嘶力竭的呼喊，深远而悠长。不祥的预感油然而生，我断定过来的一定是一个病情复杂、极其危重的患者，赶忙加快了换药的速度，匆忙赶到门口等候。

随着两声浑厚而急促的喇叭声，一个急刹车，救护车稳稳地停在了急诊科的大门口。

"快点，抢救！"车门两边几乎同时打开，跳下两个救护车上工作人员，一人奔向车后迅速打开了车的后门。几乎同时，抢救室传来一阵嘈杂声，抢救车、监护仪、氧气几乎同时打开。

救护车的后门被猛地拉开，救护员匆忙抱起了躺在担架上穿红衣服的女子。我甚至不敢相信，一个如此瘦弱的人居然能够把

患者一把抱起

"快抢救，是猝死的患者！"他喘着气再次大声呼喊着。

从患者那惨白没有一丝血色的脸上，我断定这是一个病情非常严重的患者。来不及搬运担架，救护员徒手抱着病人踉跄着直奔抢救室的床，还没有等我们搭手帮忙，患者已经被稳稳地放到了抢救床上。

我和内科医生还有抢救室的护士一起涌了上来，大家紧张而严肃，个个神情凝重。红衣女子的周边围着一群穿着白色衣服的工作人员，尤为醒目。

心电监护、吸氧、静脉通道、心脏按压、气管插管、除颤，所有的抢救措施几乎在同一时间进行，肾上腺素、多巴胺等抢救药物快速注入患者的体内。

我们一边抢救一边询问患者病史，没有家属陪伴，我们只能从120救护员的口中获得更多关于患者的病情。这是一位三十岁不到的体育老师，因心脏病突发失去知觉昏迷，倒在体育课上。

进行了紧张的二十多分钟的抢救，心肺复苏治疗后患者的心电监护仍然是一条直线。患者已经因心脏病突发猝死了，尽管我们竭尽全力进行抢救，但她始终没有再睁开眼睛。

随后赶来的一对头发花白的老夫妻，在校长的陪护下赶到了抢救室，轻轻地抚摸着自己女儿的脸颊，老泪纵横，久久不愿离去。白发人送黑发人，在场所有的工作人员无不为其动容，对患者的不幸离世痛感惋惜。

医生抢救患者生命，必须分秒必争，提前一分钟的及时救治也许就能够挽回一条生命。急诊医生对患者做到精确的诊断，有序的抢救，既是在考验着医生的智慧和能力，也能够提高抢救患者的成功率。

一位附近上班的外地民工外伤后被送到了医院急诊科。在工作时，他被高速旋转断裂的砂轮片击中了大腿根部，左侧大腿根部股动脉断裂，鲜血如喷泉般急速喷射。尽管用裤脚捆扎住了伤口，但因为动脉压力高，又靠近大腿根部，根本无法有效止血，鲜红的血液从伤口周边源源不断地渗出。

此刻患者已经神志不清，脸色苍白，血压降至标准值以下很多，因失血过多出现了严重的休克症状。此时再不输液、输血，患者将随时面临死亡的威胁。我立即做好患者生命体征监测，吩咐护士开通两路静脉输液管道，用药物稳定血压，另一方面立即通知血库准备充分的血液，以极快的速度输上救命的血液。

当一袋袋带着献血人爱心的血液快速输注进患者躯体时，患者神志渐渐清醒起来，休克症状明显好转起来，也能回答医生的一些问题了。

我知道患者目前生命体征的平稳也是暂时的，如果不能有效止血，失血过多的患者可能还会再次昏迷。患者下肢长时间的缺血缺氧，就算生命抢救过来，肢体也可能会出现坏死，面临截肢。在抢救生命的同时，我联系手术室做好急诊手术准备，直接走绿色通道，将患者迅速推进了手术室。

手术室内，输血和紧张的手术同时进行着。术中见患者股动脉被砂轮割断，高速飞转的断片已经将整个血管壁破坏，出现大段撕裂，根本无法直接吻合。在手外血管组和创伤组的共同协作下，经过手术中缜密的止血、修补，将患者筷子粗的大动脉使用人工血管连接了起来。

三个多小时紧张的手术不仅抢救了患者的生命，而且恢复了患者下肢的血运，原本停止搏动的足背动脉也伴随着心脏的搏动而有力地搏动着，他的下肢皮肤也慢慢红润起来。

在我们的精心治疗下，患者度过了感染期，伤口拆线后康复出院。出院前夕，患者单位送来一面印着"医德高尚、仁心仁术"的锦旗，感谢我们医护人员的积极救治。那一刻也是我们所有医护人员最幸福的时刻。

当生命遭受威胁，伸出援助之手是我们每一个人应该做的，抢救生命更是我们医务工作者的责任，抢救中每一次齐心协力、通力合作也是至关重要的。当生命之花重现光芒的时候，每一个人脸上都会洋溢着成功的喜悦。

抢救生命的危急关头，不仅仅出现在急诊科，在病房、在手术室、在路上随时都会出现，作为一名医务工作者我们会时刻准备着，我们每一个人也应该时刻准备着。

我和精神病人成为朋友

其实我的朋友原本并不是很多，加上工作又忙，由于联系的时间少了，有些老朋友也渐渐疏远了关系。

不过，或许因为自己是医生吧，一个陌生的患者找我的次数多了，交谈的机会多了，也自然会成为朋友。在众多的新朋友中，很多都是我曾经的患者。老朋友慢慢地生疏，新的朋友又渐渐地熟悉起来。

当我们超越了这种医患关系成为朋友，他们找我的次数就更多了，哪怕身体有点酸，牙齿有点痛，这些小毛小病也会第一时间过来找我，我显然也成了他们的私人医生。当然我也很乐意为他们效劳，我是医生，我们更是好朋友。因为职业的关系，能够接触各种各样的人，某些朋友甚至是周边人眼里所谓的"精神病人"。

多年前我就认识她，一个四十多岁的离异女人，一个经历了下岗、离异、疾病的多重打击的女人，除了上海户口外几乎一无所有。絮絮叨叨，走路跛行，不修边幅，一副邋遢相的她在别人的眼中就是一个精神病人。

当初她来找我的情形还历历在目，那天晚上九点多钟我刚查完房回到值班室，"砰砰"几声，值班室的门被人狠狠敲了几下，这动静让门框都震动起来，我赶忙打开门，准备好好训斥一下门口的人。门开了，眼前站着一位中年妇女，左上肢悬吊紫色的丝巾，右手里拿着个帆布包，苍白的脸上布满雀斑。

"你是值班医生吧？我手骨折了。"她见我打开门赶紧说道。声音有些颤抖，可见骨折已经让她疼痛不堪。看她那痛苦的模样，又是个病人，我顿时火气消了一半。

我一边让她拿出片子，一边领着她来到办公室的阅片灯前。插上片子一看，原来是腕部的骨折，严重的骨质疏松伴粉碎性骨折。我看着她那肿胀伴有瘀血的手腕跟她说起病情。

"左侧桡骨远端粉碎性骨折，伴有明显移位，需要手术治疗。"我边看着片子边说。

"市六院让我开刀，我不想开刀才找到这里，我家就住在附近。"她用无助的眼神看着我。

"可是闭合复位石膏固定，不一定能够正常复位，你还年轻，以后腕关节功能可能会有一定的影响。"

"我相信你，我真的没有钱。"还没等我说完话，她就跟我聊起了她家里的事情，自己刚被丈夫赶出家门，丈夫又是怎样的酗酒，自己住着不到十平方米的房子，连吃饭都有了问题。她对着我足足啰唆了有十分钟，我越看她越像鲁迅笔下的祥林嫂，哀其不幸，怒其不争。

她说得越多，我越有些紧张，觉得她精神有问题，很想找个理由打发她离开，免得纠缠不清。脑子里正在酝酿着一个完美的理由，既不会得罪她，又可以让她自行离开。

"我知道你们解放军医院看这些毛病好就过来了。"她打断了我的想法，接下来就是一大堆理由。她始终坐在办公室的凳子上，就是不愿离开，显然和我耍起了无赖。

我慢慢喝完了一杯水，希望给她一段时间思考决定是否离开，结果她并不理会，居然叫我给她也倒上一杯水。天啊，她的样子更像小时候挨家挨户讨米讨饭的乞丐。

办公室里沉默了几分钟，看着她那可怜兮兮的样子，一脸的无助，我似乎能够想到自己曾经也经历过这样的阶段—高考失利、学习受挫的那段黑暗时光，还是产生了一些恻隐之心。

"跟我来吧。"我还是把她领进了石膏间。其实我完全可以不给她好好复位，然后再找个"闭合复位不行，还是去外院开刀吧"这样的理由把她打发走，可是我却做不到，这显然是违背医德的。

我给她使用了局麻药，找来了夜班护士一起帮她骨折牵引复位，打上石膏后拍片。复查后片子显示骨折的位置居然很好。我想着她家里困难，到门诊来回不便，打石膏的钱也没有收。在连声"谢谢"的道别后我总算把她打发走，也睡上了一宿踏实的觉。

没有想到一周后，当我手术下来，她居然坐在了我的椅子上，和办公室一群医生在闲聊，每个人的手里都拿着一个橘子，边吃边聊天。我推开门的时候打断了他们的聊天，一帮医生朝着我大笑调侃着说："你干妈带着橘子来看你啦！"

我顿时一脸无辜，啥时候有这样的一位干妈？看着同事们那哄堂大笑的样子，我断定她一定是胡言乱语了什么，我想转身就走，逃离这尴尬的境地。

"江医生，我是来复查的。"她站起了身子说。

"哦。"我无心搭理她，应了一声，赶紧打发她先去拍片子再过来。

她走开后同事才说："这个老女人一定是脑子坏了，在你上手术台子后都在这里叽叽喳喳半天了，一会儿说你是个英俊的小伙子，一会儿又说你是咋的善解人意，还问你有没有对象，一堆乱七八糟的话。"同事都很好奇我咋会碰上这样一个奇葩的女人。

我顿时有些胸闷，苦笑了起来，大声冲着他们说："她是精神病人哦，你们小心吃了她的橘子中毒，毒死可不要我负责任。"顺手关上门去门诊看她复查的片子去了。

我越是不想搭理她，她越是抽空就过来，也许是一个人没事，或许是家里离医院比较近吧，就像狗皮膏药一样粘上了我。她每次的到来总是能引起一阵骚动，也让我成了大家的笑柄。当我刻意避开她的次数多了，她又改变了来医院的时间。

她似乎掌握了我值班的规律，白天来的机会少了，就等我值班的晚上过来，知道我爱喝咖啡，提着热咖啡，过来和我聊上半天，每次只能找个理由将她赶走。在我的眼里，她对我来说谈不上恨，更不可能爱，一个若有若无的人。

也许我是外地人，远离亲人的关系，虽然见到她有些烦，然而似乎也能感受到一种亲情的关怀。时间长了也不再厌恶她，偶尔会把一些闲置的东西送给她。

她也知道我有些嫌弃她，她的到来甚至影响了我的工作，于是又开始找各种理由过来看病，挂个骨科的号和我唠嗑半天。

后来只要她过来了，我同事就会大声嘲笑我说"你的干妈又来看你了"，可是对挂了我的号来看病的人，我也没有理由直接把她轰出去。

　　我当然不会主动打电话问她的情况，但她总是不间断地给我打电话，说她的腰痛、手痛咋办之类的话。我知道她只是随便说说而已，也只是拿起电话听一会儿借故挂机。

　　一个中秋即将到来的时间，她拿来了一盒铁罐月饼跟我说："中秋节到了，这是我们上海杏花楼月饼，寄回去给你妈妈吃，她在乡下肯定没有吃过。"

　　或许是太久没有回家乡了，家乡的样子已经模糊。我听了她的话后，心里顿时酸溜了起来，自从来到上海工作，很久没有见到父母了，更不用说买月饼。这番话再次触及了我的内心深处，从那以后，我再也不觉得她是个精神不正常的人了。

　　也许是自己经历了一些磨难，对这样的人我还是充满同情心的。我知道一个人无论是肉体深受创伤，还是精神遭受磨难，他人语言上的安慰也能起到一些作用，心理学上也是这么认为的。作为医生，哪怕一句简单的问候也能给他们带来更多的正能量和勇气，即便精神异常的人也应该予以更多的关怀，而不应该去嘲笑他们，将他们推向更深的悬崖。

　　后来她股骨颈骨折再次来我们医院做了手术，从手术出院后的那一刻开始，我的手机就没有停歇过。她不时地打电话咨询我的一些情况，我也会耐心地解答她一些医学上的问题，指导她如何进行一些康复锻炼。后来，她还是会像以前一样，隔三岔五来到我们医院看我，大家似乎都习惯了这样的一个人，也许大家都认为她真的是我的干妈了，再也没有人去撵她了。

　　慢慢地我甚至习惯了这样的一个人，几个月如果没有她的电话或消息，我甚至会担心。

　　一个清明节即将到来的周末清晨，我被她的电话吵醒，她说："江医生，我妈妈过世了，她葬在郊区很远的地方，我很想念她，不方便去看她，你能送我一趟吗？"语气略显伤感。

　　想念妈妈这句话再次触动了我的心，难得周末休息，我虽然不是很情愿，但最后还是答应了她。

　　车子载着她，穿行于城市间的高架桥上。这个城市变化得太快，曾经的石库门越来越少了，取而代之的是一幢幢高楼大厦，城市的天空一片铅灰色，楼宇间隙偶有一两簇绿色树冠探出。

　　当车子行驶到了郊区，眼前豁然开朗，视野也开阔起来。她似乎变了个人，一路沉默寡言，眼睛不时盯着道路两边来往的人。道路两侧景观别致，环境迷人，她仍旧沉默不语。我见她心事重重，故意挑开话匣子。

　　"最近咋样啊，好久没有见面啦。"

　　"就那样呗。"她低头不语，似乎心事更多。我怕过多的话语会激怒她，甚至怕她在行驶的车上打开车门，不再去搭理她。

　　车子终于来到了郊区的海湾边。海边的风很大，空气里散发着海水的苦咸味。淅沥的小雨伴随着风吹散了她的头发，她的鬓角出现了缕缕白发，行动更加缓慢，瘦弱苍白的脸上再也没有往日的微笑。她真的更像一个精神异常的人。

　　踏入墓园，一排排整齐的石碑上刻着逝者的姓名、生平。透过那一张张镶嵌在墓碑上的遗照，我看出有年纪过百的长者，也有英年早逝的青年，还有嗷嗷待哺的婴儿。

　　在一个极其普通的墓碑前，她从挎包里面拿出了一束白色的菊花放在台阶上，忍不住抽泣了起来，双手抚摸着石碑上镶嵌的照片。照片上的老人白发苍苍，面容慈祥，就像我多年前去世的奶奶。

突然间她大声哭泣了起来："妈妈，妈妈，女儿来看你了。"受到了她的影响，瞬间我的眼眶也湿润起来，赶紧转过身去，朝墓园外走去。我走了很远，仍能听到雨水滴答和她抽泣的声音。

因为下雨，墓园里只有零星的几个打着伞的人。她许久没有离去，我也只能站在一边静静等候着。雨水已经浸湿了我的衣服，我也不忍心去打断她和母亲的对话，默默感受着母女间血浓于水的那份亲情。

我望着那一排排整齐有序的墓碑，感受着生与死的咫尺距离。世界上最公平的事莫过于我们拥有仅有的一次生命，而母亲就是那个给予我们生命的人。

我们应该尊重在这个社会上的每一个生命，更应善待身边的每一个人。

我将她变成残疾人

作为医生我深知自己的责任重大，需要时刻提高警惕，每一个复杂的手术前我都会再次翻开专业书，做好充足的准备，面对即将开始的复杂手术。没有任何一位医生愿意将病人误诊、漏诊，或者故意去让他们的身体损害。

对于医生来说，病人是一个群体，而对于患者来说，可能医生就是他们眼里的一个个体，或许他们一辈子能够和医生直面相对的次数屈指可数。我们从医生涯中将面对无数个患者，当你行走在街头，偶尔会碰到一个貌似熟悉又不认识的人和你打招呼，你满腹疑团、穷尽脑汁去思索这是谁，或许他就是你曾经救治过的患者。

记得我曾经独自一人在星巴克咖啡馆看书，抬头无意间看到一个人向我微笑，我也面带微笑示意友好，我们似曾相识。她称呼我一声"江医生"，而后便买好咖啡打包离开。

在她离开后，服务员送来一块奶酪蛋糕，我正纳闷，服务员指着已经走远的人说："是她让我送给你的"。

从她对我称呼的口气推测，那一定是曾经找我看病的人，而且我断定，我也是用心给她看病了。

一个优秀的医生通常是将每一位病人当个体来看，疾病尽管类似，大同小异，但永远不会有完全相同的，个体的差异有时也会影响医生的判断力。我们更应该将每一位患者当作自己的第一个病人，从疾病的诊断到治疗，都要用心去做好每一个步骤，直至患者康复出院。

尽管在临床工作中我们尽可能地做到谨言慎行，但有时候一时的疏忽也会给患者带来终生的痛苦。由于自己的疏忽给患者造成伤害，医生的内心也会充满自责，即便患者不会进一步追责，但深深的愧疚之心多年以后也难以释怀。

这是一个熟人介绍的患者，右侧上肢肱骨小头肿瘤在外院手术切除后更换了金属假体，假体的松动让她苦不堪言，此次入院打算手术取出，是一个再寻常不过的取内固定手术。

考虑到是熟人介绍的患者，为了增加手术的安全系数，一个难度并不太大的手术，我打算和我的上级医生一同协作完成。作为助手的我术前反复翻阅手术图谱，确定了手术暴露路径及术中注意的事项。

这个手术区域主要存在桡神经深支这个神经，一旦损伤，患者手腕及手指将无法抬起，我时刻将这一重点注意事项牢记于心。

手术在计划中如期进行，我铺好手术单小心翼翼地暴露伤口，在肌肉间钝性分离，慢慢地找到了植入的金属假体。由于是第二次手术，大量的疤痕让手术暴露变得异常艰难，只见一根细线般的神经搭在金属假体表面，犹如电线跨越过假体连接着上臂和前臂。我确定这是一根神经，但它确实比正常桡神经深支细了许多，不管如何我们都打算保留它。

"在手术中碰到的神经、血管我们能够保留都应尽力保留"，我时刻牢记当初实习时候老师的告诫，也时刻提醒自己。卡在骨头髓腔中的假体在狭小的空间内操作确实困难，尽管上了止血带，局部的渗血也影响了我们操作的视野，当我犹豫不决无从下手的时候主任也上台了。

上级医生的到来着实让我增加了不少信心，我期待着这台手术尽快结束。在敲击拔出假体的时候，假体还是不慎将这根细细的神经勾住拉断，乳头状神经如同一团杂乱无序的线缆，根本无法吻合。连经验丰富的上级医生也不能断定它就是一根重要的神经，认为最多只是一个感觉神经并无大碍。我知道桡神经运动支不可能这么细，可会不会出现变异呢？其实我内心是矛盾的，我无法断定她的前臂功能会不会有影响，只祈求它只是一个皮神经，即使前臂出现麻木也无大碍。在焦虑不安中我将她的伤口缝合，尽力缝合精细点，或许这样能够掩盖我内心的慌张。

尽管这天三台手术后我一身疲倦，晚间仍无法入睡。我似乎看到了患者拖着下垂着无法抬起的手，以及她和我争吵的画面。

第二天早交班之前我匆忙走进她的病房，让她活动一下手腕，当看到麻醉药物过后的她真的不能正常抬起手腕时，我如同被人当头一棒，整个人懵了，心跳瞬间加速。这种典型的垂腕征正是桡神经损伤的表现。患者似乎还没有感觉到事态的严重性，只是问道："医生，没事吧？"

"没有关系，可能是手术中牵拉了一下神经，过一段时间就好了。"我故作镇静赶紧答道，作为医生，这样的撒谎让我更加心虚。

尽管我们以前在上肢骨折复位的过程中碰到过很多这样的患

者，手术中牵拉神经后出现了垂腕症状，那也是暂时的，通常过了一段时间确实能够有所恢复。可是她的神经一定是断了，我敢肯定，就是那根细细的神经。

"等一会我给你换个药，看看伤口。"我赶紧补充着说。希望我的话语能够打断她的问题，免得把自己弄到一个无法应答的尴尬境地。这一招果真奏效，她也没有再问我更多问题，此刻的我赶紧走出病房，可内心却无法平静。一切正如我所料，我们损伤了她前臂一根重要的神经，接下来我们可能面临的是一场医疗官司或大额的医疗赔偿。

我第一次违背自己的良心，对着一个善良的人撒下了弥天大谎。接下来是如实相告还是将病情详细相告，我的内心接受着数次的煎熬。每一天按部就班地换药查房，但是内心的纠结注定让我无法度好每一天。最后我只能用"出院观察一段时间"让她暂时出院。

也许眼不见心不烦，患者的出院让我心情稍有平复，但内心的自责和不安时刻困扰着我。我深知这样即便再观察两年也不可能恢复，拖延下去不仅没有恢复的可能，而且以后患者可能会落下更大的残疾。

三个月后我主动联系了她。当再次见面的时候，患者依旧满面笑容，但使尽全身力气她也无法抬起手腕。此刻我并不慌张，我已经准备好了充足的解释理由，只有她不明缘由。

她焦急地问着我原因，我知道纸最终是不可能包住火的，尽可能婉转如实回答她的问题。我详细地跟给她讲解手术的经过及目前的状况，手术中神经的变异最终导致误伤，目前需要尽早再次手术，重建前臂的伸腕、伸指功能。还好，我们医患双方并没有发生太大的争吵。她越是平静我越是害怕，许多出了意外的患者就是这样，看病的时候如同温柔的绵羊，可一旦吵闹起来就如同怒吼的狮子。

为了尽可能恢复患者手部的功能，我们科室请了著名的手外专家为她进行了患肢的重建术，娴熟的操作技术总算让患者的手部功能恢复了许多。当她经过积极的功能训练后抬起那下垂的手时，我们的内心才彻底坦然。

多年后得知患者手部活动功能也在不断地改善，已经能够正常地生活，那一刻，我终于内心坦荡、如释重负。

这件事情过去多年，或许患者已经能够正常劳作，干着家庭主妇的活，美丽端庄的脸上依旧挂着笑容。每当我闭上眼睛，那只低垂的手始终在我眼前闪过，也时刻在提醒着我，再慢些，再仔细点。

一个善良淳朴的农家女，将所有的信任交给了医生，而仅仅因为我的一个小小疏忽差点造成残疾的后果，深受伤害的她并没有埋怨医生，给予医生的是更多的宽容和理解。

或许她并不知道，曾经为她手术的医生数年后也没有忘记那次手术，内心充满深深的自责和愧疚感。

农夫与蛇的故事

　　医院其实也像个大舞台，身患各种疾病、来来往往的患者好似演员，你来我往，有序地进行着自己的演出，出院了，他们病人的角色也就结束。但这个舞台永远无法谢幕，只是舞台上的人物在不断变化。

　　来自全国各地的患者，轮番在舞台上扮演着相同角色。台下他们职业各有不同，无论生活中他们是什么角色，在医院他们永远扮演着唯一的角色，那就是患者。在我们的眼中他们没有职业之分，也无贵贱之分，我们无须戴上有色眼镜观看，因为在医生的眼中他们都是患者。

　　看到当初面色憔悴、蹒跚而来的患者，此刻满面笑容康复出院时，医生的内心自然会充满喜悦。看着患者在病痛呻吟声中躺着入院，经过医护人员的精心治疗站立起来扶拐出院时，也真正体现出了自己的职业价值。

　　每当自己的努力赋予了更多生命完整性，我都顿时觉得自己并不是一个个体，我们一起组成了这个国家的一个群体—医生。我觉得我们这群人更是代表着国家来实施福利，改善病痛中的人们的生活质量，改善健康权益，而不仅仅是从这份工作中获得报酬维持着自己的生计，不是医务工作者当然也不会体会到这种特

殊的荣誉感和满足感

　　大多数患者对医生的治疗都怀以感恩之心,出院时一个招呼、一声谢谢也足够表达患者心声。

　　当今社会复杂多变,拜金主义思潮也在慢慢侵蚀着一些人。骗子更是无孔不入,即便在医院这个大舞台,也能够将自己的骗术演绎得淋漓尽致。骗子不仅能表演好骗子本色,也能扮演工人、商人,当然也包括我们的医生。

　　当骗子演绎医生,受伤害的必定是患者,但骗子充当患者,那受伤的必定是医生。骗子总归是骗子,撕毁他们的虚伪面具,终将无处可遁。

　　当我尽心尽力为她的疾病制定周密治疗计划的时候,她正好利用住院休息这段时间,处心积虑地去设定圈套欺骗我,这场骗局深深刺痛我的心。

　　我和她,在医院这个舞台上真实演绎了一段农夫与蛇的故事。

　　这是一位长相并不出众、面容娇小的女性患者,五十岁的她身材略显矮小,高高盘起的发髻显得她年轻不少。

　　长期定居日本回国探亲途中,由于出租车急刹导致她颈椎过伸损伤,瞬间巨大的外力损伤导致她无法站立,接近瘫痪。尽管颈椎磁共振检查未见骨折及颈髓断裂损伤,但由于脊髓外伤震荡,局部严重的水肿压迫使她无法翻身起床。

　　无论如何也算是个华侨,从她被平车抬进医院那一刻开始,上至主任、下至护工全部动员起来。在一次次谈话中她也有意无意地透露出她是从事医学相关工作的,这样的患者我们更加慎重。接诊后,我顺理成章地成了她的管床医生。

一个严重脊髓损伤急诊患者检查治疗即刻开始，早些时间的治疗会将脊髓受损的影响降到最低。我们不敢耽搁丝毫时间，给她制定了详细的治疗方案，希望她短时间内能够好转起来。

持续的颈椎牵引、激素、脱水药物及营养神经等药物综合治疗，科室特别安排了护工加强照顾，从饮食到翻身、如厕无不投入阿姨大量的心血。经过精心的治疗照顾，患者一个月后终于能够佩戴颈托站立，借助拐杖行走，病情日渐好转。她的精神状况也明显好起来，面色红润的她也能坐在床边自行饮食。

当她能够自由行走的时候，话语自然多了起来，和周边的医护人员也熟悉起来。儒雅的学者风度让我们也对她充满了敬意，偶尔来一句不知所云的日语口语，更让我羡慕不已。不经意间她对我透露了自己国外求医留学经历，这也让我们有了许多共同语言。

休息日的午后，她邀请我在医院附近的咖啡馆坐下，闲聊一些关于自己疾病的问题，我欣然前往，当然能够和一位有国外生活经历的人聊天我也很乐意。

"小江医生，我觉得你的技术很好，我恢复得这么快都是你的功劳。"她一边说一边从旁边的包拿出了一张购物卡。

医院现在医德医风抓得这么紧，为了一张卡将工作丢了可不值得，更何况她是华侨，我赶紧把卡递还给她。

"不好意思，我们不能收红包的。"我婉言谢绝了她的好意。

她整理了一下头发，叫来了两杯咖啡和我继续聊天："其实国外的医生待遇很好，你们工资一定很高吧？"

"当然不能和国外比，马马虎虎吧。"我早已知道国内医生的薪水没有国外高，只是随声附和。

"国外的医生和律师都是收入很高的职业，以你的技术比他们都强许多。"她接下去又侃侃而谈起来。她的话明显多起来，我在一旁也插不上话，只能洗耳恭听。

整整一个下午，她都是在和我谈一些关于医生的话题：在日本医生如何受人尊敬，那里的医疗技术、医学仪器是多么先进发达，当今医学理论以及国内外医学的差异等等。这些都是令我感兴趣的话题。对于我这个从未出过国的人来说，国外一直是我向往的，发达国家的医疗技术对我也充满吸引力。听到最多的还有一些阿谀奉承的话，临走时她还叮嘱我有机会一定要到日本参观学习。

由于住院时间长达三个月，在不知不觉中我们慢慢地成了朋友，似乎彼此也更加了解。

也许是机缘巧合，那段时间我的一位同事厌倦了这种压力下的医生工作，打算辞职去读书。她利用了我们的信任，说她可以联系在日本的朋友，帮助我们这边的医生到日本进一步学习深造。没有出国经历的我和同事对国外留学充满了向往，日本先进的医学技术和理念深深吸引着我们。我们期待着有一天像其他留学生一样出现在东京的医学院内，学习顶端的医学知识。我们并不知道这是她给我们精心布好的一个局。

一切似乎那么自然，因为出国留学需要办理投资签证，投资需要成了一个公司，成立公司需要注册资金，就这样在她的安排下，我倾其所有把钱打入了她的账户。骗子达到目的后当然会趁机而退，彻底暴露原形。正是验证了那句老话"被人骗了，还帮人家数钱"。

即便如此，在善与恶之间，我依然选择了善，在真实与虚伪之间，我依旧会选择真实。我知道我是医生，应该将真实和善良的一面展现给患者，患者才能从中受益。如果医生在患者的面前展示的是恶与虚伪的一面，受伤的绝不是一个人，那将是一群人。

尽管我和同事没有完成出国留学计划，但在异国他乡的短暂停留，也让我对这个东方岛国有了深刻的印象。

第一次坐上飞往国外的飞机心情自然激动不已。飞机盘旋在羽田机场上空，海岸线清晰可见，岸边一排排游艇停泊，片片丛林绿植点缀海岛之间。眼前顿时清晰了起来，隔着机舱的玻璃也能感受到窗外的清新空气。

接机的是已经康复回国的她和她的丈夫，当我们俩拉着行李箱走出航站楼，迎面而来的是她和一位笑容可掬的日本人，她比住院时候气色好了许多。还没有等我们开口，一边的日本人就开始了叽里呱啦的一口日本问候语，然后就是一个深深鞠躬，我们猜测一定是一些见面问候语，也只能弯身回应，以示友好。没法语言沟通，她就充当了语言翻译，我们就这样友好地交谈起来。

一路上给我印象最深的就是整洁干净的道路，整齐划一的房子，还有那清新扑鼻的空气。无论在哪里都能看到日本人忙碌的身影，无论地铁、车站还是电梯，都拥挤着大量的人群，可是排队的人群都是那么的井然有序。她的丈夫是真正的日本人，虽然我们语言不通，但我也能感受到这个日本人的真诚、善良和友好。我们一起享用了日本的美食、温泉，一起参观了日本的医院和寺庙，在几天的参观旅游中也能感受到日本国民良好的素质。

行走于东京的街头，处处都展现出这个资本主义国家的发达面貌，大街小巷呈现出不同的民族文化，我们既感受了银座的繁华，也体验了淳朴的民风民俗。街头无论老少，人们的脸上都洋溢着和善友好的微笑。除了语言不通，文字读音不同，大多数地方都有中国文字，即便对于我这样一个日语文盲来说，独自行走于陌生街头也能找到回家的路。

很难想象这样一个处处充满美好的国家曾经给我们的民族带来如此深重的灾难，而一个在日本生活的中国人却以这种方式深深刺痛了我的心。

医　闹

　　运用所学知识尽心尽力为患者服务，让患者健康平安出院，是我们医生共同的愿望，但是医疗行业是一个风险较高的行业，特别是外科医生，各种风险相对更大。我们不仅需要熟练掌握外科手术操作技巧，对于内科的知识也要有足够的了解和掌握，力争做到内外兼修。疾病瞬息万变，只有这样才能够全面地掌控患者的病情，处理好患者随时变化的疾病状况。

　　同样的手术重复进行，我们也不得有半点马虎，从拿起手术刀那一刻开始，脑子里的弦就必须绷紧，手术结束，暂时放下悬着的心，当经过精心治疗的患者康复出院才能长长舒口气。骨科手术后更是需要很长一段时间的复查随访，治疗的过程更为漫长，接近一年后患者骨折愈合，功能良好，那个时候我们也才能真正放心。

　　在术中，我们每一个动作都得小心谨慎，解剖知识、临床经验瞬间积聚，指引着我们每一个操作动作。术后患者的每一个细节都应观察细微，任何小的疏忽都可能导致患者的病情加重，甚至死亡。有时候即便我们全面地考虑到每一个细节，但是疾病的不确定性和个体差异，在长时间的医疗工作中我们都会或多或少地碰到一些医疗纠纷。优秀的医生不仅仅要做好手术，良好的沟通也是必须具备的素质，让患者和家属更好地了解病情及疾病的愈合、转归，也能减少医患之间的矛盾。

无论多么优秀的医生，在一辈子从医生涯中总会碰到一些医疗意外或纠纷，这也需要我们时刻加强同患者及其家属的语言沟通，耐心地解释随时变化的病情，得到他们的理解，即便治疗过程中出现意外或纠纷，也能减少这种矛盾，得到患者家属的谅解。

一个优秀的医生不仅仅能够治疗患者的躯体疾病，也要成为患者的心理医生，随时了解患者的心理变化，让他们更顺应自己的治疗计划，更好地配合治疗，使身体恢复到一个最佳状态。

多年的行医过程中我没有遇到过真正的医闹，意外事件也碰到过几次，经过耐心地去和家属沟通，消除家属的不满情绪，最后都能够得到妥善的处理。也许正是这种心与心的交流，才会让我们医患之间的关系变得更为融洽。

当媒体和网络铺天盖地地报道出一些关于弑杀医务人员的事件，我们也才真正意识到医患关系从原来融洽共处、平等相对的关系演变到了拔刀相见的程度。这给我们临床工作中多增加了一份压力，甚至有了防御的心理。

某天快递送来了一个长盒子，一旁的王医生迫不及待地打开，原来是一个棒球棍。我们都好奇他怎么会买这玩意，哪里有打棒球的地方。他握着手里的棒球柄，得意扬扬地说："够结实，下次有患者家属来砍我们，我就用它防身。"

办公室里的同事都乐了，大家都开玩笑说："捅你哪里还会让你有准备。"

"我不是为自己准备的，是为你们准备的，哪天有医闹来捅你们，我从后面给他一棍子。"办公室又传来一阵哄堂大笑。笑归笑，大家疑惑不解的时候，心里也暗想还是王医生想得周到。直至今天，他那棒子还一直放在他的办公桌子底下，或许他每天上班能够看到这棒子心里才踏实。

我们医院身处国际化大都市，加上是部队医院，医患之间的矛盾不至于以野蛮的兵戎相见方式出现，但一些医患之间不和谐的事情也时有发生。无理取闹的医闹不仅干扰医院的正常医疗秩序，也会影响医生的工作计划和精力，严重影响其他患者的治疗。

一位七十岁的老年男性，骨折术后感染，再次手术取出内固定治疗，手术过程顺利。术后次日早晨，患者突然出现了胸闷气急，值班医生及时给予吸氧、心电监护，积极抢救，但是患者还是因为心脏骤停猝死。一个简单的手术后突发死亡，对于这个结果我们无法理解，患者家属更是无法接受。哭喊声、吵闹声顿时响彻整个病区楼层，我们无法正常交班，其他患者及家属也纷纷探出头来一看究竟。

随着时间的推移，患者的家属越聚越多，整个走廊都是黑压压的人群。患者在医院意外死亡，其家属当然不能接受这样的结果，一阵嘈杂声后，情绪失控的家属接下来做出更加异常的举动，他们拒绝把死者的尸体推入太平间，直接把他的床铺拉到了医生办公室门口，堵住整个门。

管床医生正在完善患者的死亡病历，其家属在办公室内哄抢起了病历，推搡并且辱骂医生，屋子里充满着浓浓的火药味。我们赶紧将管床医生拉出办公室，防止矛盾进一步的激化。主任再次将患者的病情向其家属做了详细解释，家属当然不会买账，咄咄逼人的架势，只差以拳头相向。

为了尽力避免正面冲突，我们纷纷避让开来，怒火中烧的患者家属在病区开始扔起了凳子，文件资料洒落一地。病房里的患者和其他患者家属也如同马蜂全巢出动，纷纷捂着嘴巴悄悄议论着，一边的小护士惊魂未定地躲进了值班室。

因为没有正面伤害到医务人员，我们并没有报警，也不希望进一步激化矛盾。待患者家属情绪慢慢稳定下来，我们再次做起了安抚工作。直至中午，患者家属也累了，东倒西歪地坐在病区的桌椅上，怒气已消除大半，我们才趁机吩咐医院后勤人员将逝去的患者推入了太平间。

我们医生和护士度过了最艰难的一天。家属没有拿出刀子，王医生当然也没有拿出棒球棒。

第二天中午下班，刚走到医院大门口就看到一大群人聚集在一起，不时传来阵阵骚动，门口马路上的汽车也都放慢了速度想要一看究竟。原来是刚刚逝去的患者家属又聚集在了一起，每个人身上都裹着一圈白布，几个子女推着床在大门口摆起了龙门阵。我纳闷着死者的尸体怎么会在这里，不是昨天推进了太平间吗？正在这时床单下探出一个头来，原来是死去患者的老伴，她全身蒙着一个白色的床单装扮成死者。

"大家快来看啊，医院治死人啦！"

"大家看看啊，解放军治病治死人啦！"

嘈杂的人群中不时传来带着哭腔的呼喊声。他们一边大呼，一边拉着来往的人哭诉着自己的遭遇。不明真相的人越来越多，大门口也被围得水泄不通。

　　见事态严重，医院机关也不得不派出了好几个身穿制服的军人与家属正面接触，警察也闻讯赶来。大概是因为真枪实弹警察的介入，家属才慢慢收敛，接受协商处理后事的意见。人群也在警察的疏散声中慢慢散去，路口瞬间通畅了起来。

　　一个意外死亡的病人确实对整个家庭是一种打击，患者的老伴几度晕厥。他们也许希望这样的闹剧增加医院的负面新闻，阻碍医院的正常工作秩序，得到多一些的经济补偿。在我们苦口婆心的劝说下，最终给予了一定的经济补偿后，这场闹剧总算收场。

　　对于出现意外的医疗事件，大多数医院都是希望大事化小、小事化了，协商给一些补偿后草草结束。职业的医闹就是冲着医院这种心理而永无休止地想尽各种方法扩大影响，尽可能得到更多的赔偿。

　　事后我也详细阅看患者的病史资料，入院患者检查心电图就有些异常，术后轻度低钾均未能引起医生的足够重视，手术创伤刺激等因素也会加重患者心脏的负担。我想，如果医生在管理患者方面更加细心，对患者的病情更加深入了解，积极预防，或许也可以避免此类事件的发生。

　　后来也发生过医药费问题方面的一些医疗纠纷，甚至有患者到院长办公楼扬言跳楼。各种各样的医患矛盾层出不穷，当然有患者的无理取闹，但也有的是医生沟通方面有缺陷，医患之间缺少沟通所引起。

　　高昂的医药费用、不健全的医疗保障制度、少数医生失职、患者的无理取闹，这些都是引起医闹的常见原因。而媒体的捕风捉影，舆论的负面导向更是将所有的矛头指向了医院，进一步加剧了紧张的医患关系。原本相扶相持、协助友爱的医患关系，在这个时代却日趋严峻，直至矛盾重重，兵戎相见，最后受伤的不仅仅是医务人员，也是我们在社会中生存的每一个人。

在种种冲突、困扰之中，我们绝大多数医生仍在竭力坚守着纯净的信仰和神圣的职业精神。这也让我想起了法国作家罗曼·罗兰的一句话："这个世界上只有一种真正的英雄主义，那就是在认清生活的真相后仍然热爱它。"

无论是医患关系，还是社会中人与人之间，沟通都非常重要，换位思考也许更能理解医患双方难处，减少矛盾的发生。每一个人更应该遵守法律这条红线的约束，才能更加积极有效地保护好医患双方各自的合法利益。

援藏同事遭遇不幸

作为一家部队医院，我们除需要做好部队官兵的疾病防治工作，为周边的群众提供医疗便利外，还经常参加地方的一些医疗援助。无论炎炎夏日，还是三九严寒，火车站、社区和偏远的革命山村都留下了我们医务工作者的身影。

对于缺医少药的西部地区，我们医院和他们结成帮队，定期援助其医疗物资和技术帮带。医院多年来一直和西藏地区的县人民医院结成帮队，每一年都捐助大量的药品，另外会派驻三到四名医务工作者进藏，与他们一起参加义诊工作，帮助他们一起完成各种疾病的诊治，提高他们的整体医疗水平。

每当援藏任务下来后，大家都争先恐后报名参加，希望能够到祖国的最西方去，顺利完成这一年的援藏任务。我也踊跃报名，可医院一般都会安排军人和非现役军人过去，我这样的聘用人员却没有机会。

对于长期在平原地区工作的医务人员来说，高海拔稀薄的氧气也是一种考验。由于西藏地理环境复杂，到处都是雪山峭壁，道路更是崎岖不平，蓝天白云下，美丽的雪域高原背后也处处暗藏杀机。

同往年一样，那一年医院也如期派出一批援藏医生。

　　出发前，身披大红花的三名军医手捧鲜花来到了医院的住院部大楼前，一身军装，帽徽和胸章更是被照射得闪亮发光，坚定自信更是让他们容光焕发。各科室各派出两名代表前来送行，医院院长、政委也早早来到了他们身旁，一一握手道别。

　　见大家都已经到齐，人群一字排开，政委敬完军礼后，开始了出发前的讲话，宣读了此次援藏的任务。政委讲话后，院长也补充了几句，人群中顿时响起了热烈的掌声。

　　"同志们，作为军人、作为医生，我们需要时刻保持着军人的优良传统，发扬一不怕苦、二不怕死的艰苦奋斗的作风，保质保量圆满完成援藏任务！"

　　"请领导放心，保证完成任务，平安归来！"援藏的同事慷慨激昂地回应。他们深知自己身负重担，不仅代表自己，更是代表医院的形象。

　　在同事的掌声中他们出发了，他们将和车上的药品、医疗仪器一起被送往机场，飞向数千公里外的西部，然后转车送往雪域高原。

　　每次的出发和归来都会简单地举办这样的一个仪式，我也会将自己好好打扮一番，给头发喷上摩丝，梳得光亮，换上干净的白大衣。仪式严肃庄重，他们的举止也让我羡慕和敬佩，小时候的理想不就是希望自己能够成为这样有担当的真正军人吗？真的希望有一天自己也能够站在他们中间，和他们一样去支援落后的西部地区，用一技之长不遗余力地去帮助更多落后地区的人，也更能体现出医生的价值。

　　原本是再也平常不过的出发前仪式，简朴而让人斗志昂扬，然而这一次他们再也没有能够平安归来。

美丽的西藏，雪域高原处处都是风景，无论是气势雄伟的布达拉宫，还是依山垒砌的殿宇寺庙都让人向往。洁白的冰川、美丽的雪莲花格外耀眼，无论是帐篷前，还是在路上，都能看到他们身披哈达，俯下身子看病义诊的身影，藏民的脸上堆满了笑容，处处能感受到淳朴藏民对军医的爱戴。

高海拔的缺氧使他们产生了头痛、恶心症状，可是谁也没有退缩，吸口氧气继续出发，把满满的爱献给了艰苦条件中的同胞。手术台边、换药室旁，他们手把手地将自己的技术毫无保留地传授给藏医。无论崎岖的山路边，还是孤零的哨所旁，都留下了他们的身影。他们辛苦而无怨言。

军医的到来如同给这个缺医少药的地区注入一针强心剂，处处呈现出军民一家亲的场景。一声声"扎西德勒"道出了藏族同胞对人民子弟兵的浓浓深情。

刚刚送走三位同事的场景还历历在目，紧接着就从西藏传来噩耗，医院参加援藏的两位同事，在下乡义诊途中遭遇重大车祸，一死一伤，三十出头的一名胸外科军医和一名肝胆外科非现役军人遭遇不幸。

消息传来，全院工作人员陷入一片悲痛之中，昔日朝夕相处的同事，昨日还在身边，如今阴阳两隔，让人无不扼腕痛惜。正值意气风发之时却遭遇如此灾难，更是给他们的家庭带来无尽的伤痛。

医院派出工作组一方面安抚遇难家属，另一方面远赴西藏，做好死者善后及危重病人的急救护送工作。斯人已去，可是身受重伤的同事还处于危险之中，西藏乡下有限的救治条件下，死神将随时夺取他的生命，一场生死营救也同时进行着。

三天后，事故中遇难的同事骨灰被送回医院。尽管已经是下午下班时间，可我们谁也没有离去，早早来到医院道路的两侧，期待着英雄的归来。

八月的傍晚天气阴沉，桂花飘香，街道已经亮起了路灯，急诊的灯箱也亮了起来。大门口和院外街道卫兵列队，我们每个人神情凝重，静静地祈祷，祈福受伤的同事，也在等待着逝者灵魂的回归。

"立正，敬礼！"一声铿锵有力的声音打断了人们的思绪，昔日一起战斗的同事归来了，军人纷纷举起了右手，我也赶紧朝门口望去。

载着烈士骨灰的灵车缓缓驶入医院，人群瞬间安静起来，道路两侧的人们都投去了敬慕的目光。人们的眼睛都湿润了，纷纷挤向马路中间，人群中依稀传来了啜泣声。

车上再也没有走下披着大红花凯旋的同事。

怀抱骨灰盒，逝者的妻子已经泣不成声，眼睛通红，在人们的搀扶下走下车。身旁的家属也是泪水涟涟，还在怀抱中的孩子好奇地看着妈妈，好奇地看着周边的人，似乎还不能看懂这一切。

同事骨灰盒从我身边经过的一刹那，我似乎看到了他的身影。看到了依旧在六号手术室俯着身子做手术的周医生，他依旧是那么的阳光帅气。

瞬间，他也在向我们每一个人回敬着军礼，大声呼喊：我已经圆满完成了任务！

在殡仪馆的告别仪式上，骨灰盒上覆盖着一面鲜红的党旗，鲜花丛中党旗更加夺目。看着逝者帅气十足的军装照片，许多同事都掩面而泣，或低头不语，默默哀悼。一位优秀的心胸外科医生永远地离开了我们。

他的骨灰一半魂归故里，另一半将永远留在祖国的最西方，伴随着七彩的格桑花，守护着藏民的安康。

这边处理妥当，那边对另一名身受重伤的医生的救治工作也同时展开，不能耽搁半点时间。他的伤情异常严重。

严重车祸导致他颈椎骨折脱位，他的四肢感觉运动明显出现异常，已经到了瘫痪的边缘症状，稍有不慎可能会导致终生卧床。由于当地的治疗条件有限，医院派出精锐的专家组亲赴西藏，用颈托保护好颈椎，全程航空担架护送，将其紧急转回上海进一步治疗。当然他的伤情也牵动着医院每一个人的心，我们关注着每次从西藏传来的关于他的消息。

我作为医院骨科的急救成员，将和医院护士、医务处主任乘坐救护车紧急前往浦东机场，做好伤员的迎接和护送工作。

当飞机平稳降落后，同事被机场救护车送出站台。我们在保护好颈椎的情况下，慢慢地将他转移到我们自己的救护车上。一个小小的托举都要小心谨慎，生怕加重他的脊髓损伤。

多日劳累和病痛折磨让他憔悴了许多，原本年少的他脸上也多了许多沧桑感。他眼眶中泪花闪闪，疼痛让他说不出更多的话，可以感受出他这一路上承受着巨大的躯体痛苦和精神折磨，救护车上他能说的也就是"谢谢""谢谢你们"。

为了尽早手术，当晚全面检查就已经开始，颈椎磁共振显示他的颈椎在车祸后出现了严重的骨折脱位，比我们想象中严重了许多，没有直接高位截瘫已经算是幸运。

夜间医生办公室灯火通明，一场病情讨论会在激烈的讨论中进行着，最佳手术治疗方案将在次日紧急进行。我也详细记录着每一位专家的指导意见，为手术做好充足的准备。

周六的清晨，病房、手术室人头攒动，甚至忙于工作日。为了同事的安危，我们全院所有人放弃了休息，积极参加到患者手术救治中。在这场爱心的接力中谁也不愿意落下，我们失去了一位好战友，更不能再让自己的同事多受一点伤害。

手术在紧张的两个小时后顺利结束，患者平安回到了病区。后来他经过营养神经药物和高压氧治疗，渐渐恢复了四肢的活动功能，经过积极地功能锻炼后，终于站立了起来。

由于脊髓的创伤后遗症，他的手部精细动作还是无法进行，只能告别心爱的手术台。作为一名外科医生，他无法舍弃医生这份工作，继续在医院的外科门诊，从事着简单一些的工作。每一次我出门诊都能看到他忙碌的身影，那种感觉真的很好。

虽然经历了这样严重的事故，作为医务人员，为人民服务的宗旨始终没有改变，每一年的援藏任务下来后大家都一如既往争相报名。

当然，作为医生大家都愿意无私奉献自己的专业知识，去帮助落后地区的医生提高他们的医疗诊治水平，为他们奉献一片爱心，一帮一带，让贫穷地区的人们一样享受高水平的医疗保健。在同一片蓝天下，我们共同拥有强壮的身体，快乐健康地生活，是藏民的心愿，也是我们的心愿。

职称英语是我心中的痛

　　忙碌的时候时间总是过得很快，每一步也会走得艰难而记忆深刻。我们不仅需要承担医生该有的压力，大都市里的生活更是让每一个外来追梦的人压力重重。我的很多同事都会感觉来到这个城市后就会很闷，当然我也能理解，这种闷也许就是无形中的一种压力。

　　医院自从打开大门就再没有关闭过，当然我也没有停止过手中的工作，因为疾病也从来没有停止过对人们的侵害。工作没有停歇，学习也无法停止，但我一直无法追赶上我的同事。当我中专毕业，身边的人都本科毕业，当我艰辛地拿到了本科毕业证书的时候，身边的人都是硕士、博士毕业。

　　我在为了大专、本科、执业助理医师、执业医师、主治医师的考试挑灯夜读的时候，突然间发现身边熟悉的面孔越来越少。很多人还是没能够坚持到最后，为了更好地发展，他们纷纷离职，有的去了更好的医院发展，有的则改行彻底告别医生职业。学历低下的我只能和更多新入职的医生慢慢熟悉起来，继续做着小医生的工作。

　　几年后我们再次在街边的某个路口相遇，昔日一起披着白大衣、共上一台手术的同事总是投来不屑的目光。离职医生多数改行做了医药代表或器械商，护士则在家相夫教子，或者找份轻松的活养活自己。

往日所学的医学知识让他们在商海中如鱼得水，掘得一桶桶金，在当前的经济社会中更能胜人一筹。当他们驾着宝马、穿着名牌衣服，请你在高档饭店吃饭的时候，你的内心总是充满酸溜的感觉。他们甚至会说："让你辞职你不辞职，当初离开医院，随便混混，早就在徐家汇（高档商圈）买起了房子。"

当你低头不语的时候，他们还会提高嗓门大呼起来："做啥医生啊，穷得叮当响，还不如买个房子，你看我一年光房子涨价就赚了100万元！"

听到曾经坐在一个办公室的同事说出这样的话，心里一定是五味杂陈的，自己也无法断定当初的选择是否正确。总之在物欲横流的金钱社会，他们拥有的自己却没有，自己拥有的也就是"医生"这个看似高尚的称谓。然而当今社会，医院似乎在有些人的眼中是个剥削人血汗钱的地方，医生也成了人们眼中披着白大褂的屠夫。

我通常都是尽量沉默不语，但是咄咄逼人的话语着实让人有些气愤，忍不住就站起来大吼一声"再有钱又咋样，还不是个卖药的嘛，再咋的，我也是个国家承认的医生"，随后借故去上厕所。

不管医生在他们的眼中怎样，至少这样的话能让我心中感觉坦然，无商不奸，何必跟他计较。大家就这样在哈哈大笑中结束了这场聚会。

学习上我虽步履维艰，但我仍享受着学习的快乐，尽管一夜的值班后我昏昏沉沉，但当我乘车穿过繁华的淮海路，踏进校园，行走在校园青青草地的那一刻，犹如电流触发身上所有的交感神经，兴奋不已。

在一流的大都市、一流的学府，听到一流的老师讲课，我如同久旱中的那棵枯黄的芽儿，感受着知识雨露的滋润。在课堂里似乎可以摆脱都市里的一切烦恼和忧愁，徜徉在知识的海洋中，摆脱了这个浮躁社会中一切的不公平。因为在这里我们只有一个名字，叫学生。

从小到大我经历无数次的考试，在考试中度过自己的而立之年，即便到了不惑之年，仍要面临着艰难的英语考试，没有哪一次考试像职称英语深深刺痛我的心。

我知道，数学从来不及格的文科生也能成为医生，也知道英语差到极点的我也能把患者的疾病治好，但有时也必须学一些看似无用的东西，那毕竟是一把打开新的大门的钥匙。家里最多的书，除了医学专业书籍外就是乱七八糟的英语书。

我也能感受到英语的重要性，特别在国外找厕所、旅馆这些常用的地方，能够掌握简单的英语会方便许多。我很欣赏张口就能说出一口流利英语的人，偶尔也会翻开书看看，可是英语对我来说是如此陌生，以至于我职称英语考了五次也只能以最高五十分的成绩结束。最后我失去信心，也不想投入大量的时间去做无用功，决定彻底放弃。由于英语的限制，再后来我无法通过硕士研究生的入学英语考试，也就放弃了更进一步的学习深造。英语像铜墙铁壁一般把我死死堵在门外。

我通过了骨外科中级理论考试，却由于英语不及格三年内都无法通过医院的中级职称评审，英语成了我难以跨越的鸿沟。

我并不介意自己是住院医师还是主治医师，只要自己技术提高，能够把更多患者的疾病看好，然后康复出院就好。我也无所谓什么职称，只是多了几百块的奖金而已。但严格的手术操作等级制度严重制约了我的工作，我无法单独完成一些高难度的手术。我决定再试一次。

医院办公楼外挤满了前来进行职称评审的人，我也抱着厚厚一叠资料和各种医学杂志。人群中都是医院熟悉的面孔，一脸稚嫩，显然比我小了很多，这让我有些不自在。

我赶紧躲到楼道的一侧窗口边，等着他们叫我的名字。没有通过英语考试，我能通过医院的这次职称评审吗？可是论资质、论技术我也不比他们差，他们考几个试就能够一路直升到了主治的位置，拿着比自己多的薪水，享受着更高的福利，越想越有些不公平。

看着窗外来往的患者和熟悉的院子，心中顿生疑惑，明知道自己在医学的道路上明显落后于他人，为何却不愿放弃，倔强地去苦苦追求？换个工作，干些自己擅长的活，也许能走在他人前面，何必在这里苦苦追随着别人。

当初我只是想找份工作改善生活，鬼使神差地做了医生，如今我是真心舍弃不了这份职业。我不想放弃这一路艰辛的结果，不想白白荒废我已经掌握的技术，更不忍心眼睁睁看着身体残缺的患者而无动于衷。

我沉默了，一个人活着仅仅是为了金钱吗？我思考着，生命只有一次，金钱的多少真的可以衡量一个人的人生价值吗？这时候，一个清脆的声音从走廊的中间房间传来。

"江医生，轮到你了。"大门口有人叫我。我知道该我了，尽管已经是第四年来到了这里，但心里还是有点紧张。

我推门而入，对面坐着的仍是医院那几位有声望的各个科室专家，我们的主任也戴着眼镜低头在看我的资料。毕竟是熟悉的面孔，我也很快镇静了下来。答辩正式开始。

"小江，你来我们医院有十多年了，也是我们聘用制医生中写的文章最多的，你是如何写一篇医学论文的呢？"坐在中间位置的肝胆外科蔡主任若有所思地问了第一个问题。

我凭着自己的文笔功力和多年的临床经验，写出二十多篇的医学论文，发表在影响力较大的核心期刊上。因为都是自己临床经验总结，我很快如实回答了他的问题。我是如何设定一个新颖的题目，然后去临床工作中确定样本，直至总结手术操作后的经验和体会。这样的回答也令他很满意。

"一个膝关节结核的患者是如何诊断治疗的？"还没有等我回答完，一旁的骨科主任赶紧提出一个刁钻的问题。尽管他是我们的科室主任，却也没有留给我半点情面。不会是因为之前对手术患者的治疗方案存在意见分歧，而提出一个难以回答的问题，给我一个下马威，故意来刁难我吧？本以为一个科室的人会提出一些骨折类的简单问题，但他却让我去阐述一个临床并不常见的疾病，难道是对我以前工作上的事情仍耿耿于怀？幸好我并没有被这个问题难倒，多年的临床工作和理论知识学习，使我已经掌握了相关知识。我分别从理论知识和临床经验将膝关节结核的发病原因、治疗方法及注意事项一一汇报,甚至将抗结核的药物名称、毒副作用都说了出来,一旁另外的四位专家也频频点头。

"基本上正确。"主任看了一旁其他科室的专家，不急不慢地说。

在接下来的答辩过程中，我有礼有节有据地逐一回答了他们的问题，很快他们都在我的评定表格上纷纷打上了钩。考评结果并没有马上公布，因为我的英语成绩没有通过，最后的结果我还是没有把握。

也许是医院主治医师人手不够，或许是我兢兢业业地工作打动了医院的职称评委和领导，第四年的职称评定医院终于让我有了主治医师的名号，我破格被医院提升为医院的主治医师，通过了本院中级职称评审委员会的考评，自此胸牌职称上也正式印上了"主治医师"四个字。

我并没有为这突如其来的名号而兴奋和激动，因为这将赋予我新的职责。从此我在工作中更加充满自信，也更加坚定了身上的责任。我把自己的临床经验毫无保留地教给刚来的小医生，带领着他们完成一台又一台手术。

巡　诊

　　成为一名有血性的军人，拿起钢枪保卫祖国，这可能是每一个男孩的梦想。我也是一样，小时候看得最多的电影和电视剧都是军事题材的，我也希望自己能成为一名真正的军人。一身戎装的他们刚毅坚韧的独特气质，一直让我敬佩。

　　记得那年高考落榜，我就是一路奔向当地征兵站，可还是因为急性中耳炎不得不又跑了回来。还好，后来我在学校毕业后有机会在这家部队医院实习进修，直至工作至今。虽然没有成为一名军人，但能够让我近距离接触他们，也算实现了我的梦想。

　　部队医院不仅对外开放为周边的老百姓服务，为周边战区人民子弟兵服务更是应当的。我们医院担负着周边战区的日常巡诊工作。一般医院三个月左右下到基层巡诊一次，近年来随着裁军工作的推进，医院军人的数量越来越少。虽然我不是军人，但由于工作的需要，我能够有幸和他们一起到周边各个基层单位巡诊，让我对基层战士的生活、工作有了进一步的了解，也让我有机会记录下一次平常的巡诊活动。

　　春节前夕，已是冰天雪地，处处洋溢着节日的热闹气氛。医院派出车子，载上常见的药物，还有便携式心电图机和B超机，各科室的主任和高年资医生一起到达基层部队，为他们排忧解难。

军人可能适应了这样的巡诊并无特别感慨，我难得一次这样的经历，非常乐意前往。

在车子上来回颠簸了两个多小时，跨越了整个上海，穿行于道路和桥梁之间，缓慢越过弯曲的乡间小道，我们终于来到了周边布满钢丝网的一所部队军营。

这是一个负责上海空域防空安全的战斗机机场。还未进入营区，就看见一架架新式战机瞬间腾空跃起，伴随着巨大的咆哮声和尾部喷射的蓝色火舌直插云霄，透过驾驶舱的玻璃我看到全副武装的飞行员，还有那印着五角星的头盔。他们满怀激情，娴熟地操纵着战机，像一只只雄鹰，注视着每一寸天空。他们不愧是天之骄子，越过高山、河流，飞翔在祖国海岸线上。我有幸近距离欣赏到了战机和飞行员的风采。

当车子刚刚进入营区的时候，处处绿树成荫，洁净有序。一座座石碑铸成的"人民卫士""空中雄鹰"这样的标语更是让人精神振奋。战士们早早地排起了长队，英姿飒爽的军姿，唤起了我儿时的梦想，军营的生活更是我儿时的向往。

我们一下车子就为战士们量血压、检查身体，力所能及地帮助他们，把常见的药物分配给他们。战士们露出那一张张淳朴的笑脸，健硕的胳膊被阳光晒得黝黑。尽管都是一些擦伤和腰腿痛的简单小毛病，我也给他们仔细检查个遍，生怕遗漏了什么，再让他们乘车到数公里外的医院去。

中午，嘹亮的军歌声中我们和战士一起在食堂吃饭，四菜一汤的粗茶淡饭，因为我们的到来增加了一些鱼虾。看到了战士们围成一团狼吞虎咽的样子，我想起了在学校的时候，曾经就着咸菜，一顿吃下十个馒头的情景。他们单纯、快乐，心中只有一种保家卫国的信仰，骨子里透露出爱憎分明的力量，在这里我看到了一颗颗最纯净的心。

餐后来不及休息，我们就匆忙赶路。在颠簸的车上小憩一会，经过七弯八拐盘山公路，我们来到了山顶。我也弄不清楚这是哪里，除了门口几个"军事禁区"外没有任何标志，营区里面偶有三三两两身着军装的人。

车子在一条路的尽头停了下来。二月的山谷中空气阴冷，杂草被风吹得沙沙作响，一堆堆雪块尚未融化，我们艰难地向山顶进发。拾阶而上见到的是一块块水泥墓碑搭建起来的台阶，上面刻写的逝者的姓名和生卒年月清晰可见，已经有了很长一段岁月了。这一块块岁月印记的墓碑仿佛在告诉我们，这附近半个世纪前曾经是一片坟场。

狭窄的山路两侧，可见被打理整齐的菜园，蔬菜上覆盖的薄膜已经被积雪压倒，拴在一边的山羊见到有人过来发出亲切的叫声。一位中尉军官一边领着我们上山，一边有声有色地和我们领队聊了起来。

"我刚来这里的时候，买个菜都要下山走上好几公里，现在终于不用了。"他指着路边的蔬菜棚子继续说，"这里面有芹菜、大白菜，现在我们条件好多了，你们看那只羊就是等着春节改善大家的伙食的。"

瑟瑟寒风从裤脚径直吹入体内，我无暇去听他们的谈话，赶紧拿出袋子里的工作衣穿上，抵御这突如其来的冷风。

走到山顶，山脚下的一幢幢房子显得低矮许多，可见一座座电塔穿插其中，河面折射着午后的阳光，不远处应该是一个小镇。越是爬向山顶，风越是又急又大，耳垂被吹得火辣辣地痛。

山头上可见一个房子大小的金属网状物在来回转动，原来我们来到了一所雷达站。虽然我不是军人，但平时热爱军事，也从电视上了解了一些关于雷达的作用，它就是一双无形的眼睛，在数百公里范围内监视着一切飞行物。建国初期我们国家的军人就是靠雷达精确制导将美国的 U–2 高空侦察机打落下来的，一段时间让美军心惊胆战，最终停止了对我国的高空侦察。

在狭小的工作区域，可见战士们眼睛盯着屏幕上一个个闪动的小点，来回有序记录着数据，紧张的氛围如同一场实战马上开始。狭窄的雷达间如同汽车驾驶室，战士们坐立着却纹丝不动，眼睛从未离开过显示屏一刻。

在这里，我真正明白了为何门诊有那么多腰椎疾病的患者，原来与他们的工作有关，长期的坐立使得很多年轻战士患上了腰椎间盘突出症。看着他们这样忘我工作，想起门诊的时候，有时候就一两包膏药就打发走他们，我不禁内疚起来。

当人们万家团圆、享受着美好假期的时候，因为他们的默默付出，祖国的天空才会那么安宁。山顶上，我们为他们一一做了最全面的体检，触摸着他们的身子，我的心也慢慢暖和起来。

让人振奋精神的就是在这次巡诊中能够有机会目睹国之重器，近距离目睹我们的导弹发射车。刚刚在纪念反法西斯战争胜利 70 周年阅兵上看过的导弹，此刻就出现在我的眼前，令人振奋不已。一辆辆迷彩军车装载着先进的导弹，在防护网的遮盖下监视着祖国的苍穹，在子弟兵的呵护下熠熠发光，只等一声令下划破苍穹，直插敌人的心脏。

在三天的巡诊中我们驱车数百公里，上高山下丛林，转战了好几个基层部队，为他们送去最常用的药物，也把我们的关爱送给了他们。尽管巡诊的来回奔波辛苦，但有幸能够看到电视上才能看到的战机、雷达、导弹，让我异常兴奋激动。

这次下部队让我真正走入了军营，体验了不同的军旅生活。看到新时代的人民子弟兵扎根基层，为了祖国的安宁舍弃家园，坚守阵地，从他们淳朴的语言和扎实的工作作风中也能领悟到新时期军人的风采。也就是在他们强大的保护伞之下，我们老百姓才能安居乐业，享受幸福甜蜜的生活。

当我们返回市区时，天色已晚，都市的影子越来越浓，透过城市的灯光和雾霾，我依稀看到了远方的东方明珠、金茂大厦和上海中心大厦。灯光映射下，都市的夜也更加妩媚和精彩。

街上，轻轨、公交、轿车、自行车搭载着来来往往的人。我倚着车窗，看着来去匆匆的人群、霓虹下精美的建筑，还有那昏暗灯光下含情脉脉的情侣。

我们每个人都在为不同的理想努力奋斗，为金钱、为家庭、为爱人、为国家。正是这不同的理想和追求，才让这个世界充满了各种色彩，变得五彩斑斓，变得绚丽多姿。

醉汉血洒急诊室

我是从来不饮酒的，对于饮酒的人无法给出确切的评价。俗话说"小饮怡情，大饮伤神"，我一直认为朋友间少量饮酒倒可以增进感情，也更加有利于某些事情的交流。像我这种从不饮酒的人，朋友聚会倒少了一些气氛，当他们在觥筹交错中畅谈人生时，我只能悄悄喝下一杯果汁，在他们看来有些不够哥们。

作为医生，我并不是考虑身体因素刻意不去喝酒，而是我确实不会饮酒，啤酒一杯让我面红耳赤，两杯则两眼发蒙，三杯直接倒下。从遗传学的角度分析，我没有一对能喝酒的父母；从医学的角度分析，我体内肝脏缺少一种能迅速转化酒精的酶。当然，我更不喜欢这种大吃大喝的场合。这最终导致我从不饮酒，但家里收藏了各种酒瓶子，我喜欢那香浓的酒精味和精致的标签。

我不反对少量饮酒，但大量饮酒则会伤害了自己的身体。临床上的肝硬化、肝癌患者大部分都曾有大量饮酒史，另外酒喝多了也容易麻醉自己的脑子，做一些过激的事。

急诊室内不乏大量饮酒后的患者，有昏迷被急救车送来的，有被朋友左右驾着胳膊送过来的，也有喝了酒自残进来的，还有借着酒胆砍伤别人进来的。总之大量饮酒后的患者千姿百态，可笑，又可气。

凌晨，我接诊了一个急诊外伤患者。这是一个在酒吧喝酒后打斗，手部被破碎玻璃杯刺穿的外伤患者。当我赶到急诊时，看到滴滴答答的血迹从急诊门口一直洒落到了大厅。这血迹已经成为明显的导向标识，我沿着血迹的方向很容易找到了那名患者。

还没有接近他，满身的酒气和呕吐物的混杂味弥漫着整个急诊大厅，让人只想作呕。眼前的壮汉不断地挥舞着手臂，一派要打人的架势，受伤后的手还在不断喷射出血液，左右两边各有一个朋友，也没有能够拉住他。

整个急诊的大厅、座椅到处是血迹，犹如一个案发现场，血腥味让来往的其他就诊患者掩鼻而过。我刚出现，急诊外科的医生就匆忙赶了出来，好像过来了援兵，连忙将患者的病情向我汇报："这是一个酒后手外伤的患者，你们科室的患者，赶紧收到病房去吧。"

"我看看再说吧。"

还没有确定病情的情况下，让我尽快转走病人，一定是想尽快摆脱困境。这样出血的患者通常都是在急诊外科包扎止血，输液醒酒后才能收治进病区进一步手术治疗，这对于在急诊上过班的我来说再也熟悉不过了，他显然想把难题抛给我。如果我直接收到住院病区，不仅影响其他患者休息，连值班护士也会骂我胡来。前天的早会刚刚开过，对于饮酒的患者必须急诊醒酒后收住院，我当然不敢违反科室规定，擅自做出主张，否则必定成为自己科室的仇人。

这样大量饮酒后的患者，虽然是手部的小动脉断裂出血，但如果持续的出血不能及时止住，患者也将慢性出血导致休克危及生命。现在首要的工作就是将局部出血止住，醒酒后再进一步手术处理伤口。

我想尽快为他止血，也好返回病区，今天科室好几位刚刚手术过的患者病情也待观察。当我拿着换药碗接近他，准备为他包扎的时候，他突然挥动着那只受伤的手，一脚狠狠地踹向我，嘴巴里吐出一连串的污言秽语，我的白大衣被瞬间印上点点血迹，大腿疼痛难忍。

我无法靠近他，这一脚踹得我想立马脱了工作服就走，管他出血多少，找个冠冕堂皇的理由让他离开，离开医院后他的一切生死与我无关。

我虽然不会饮酒，无法理解饮酒后人的真实感受，但我知道在酒精的麻醉下人智商几乎是零，有时候根本无法控制自己的行为，何必去跟一个智商是零的人计较。我是医生，我无法回避自己的职责，即便把他赶走，另一个医生也会面临这种处境，显然尽快止血是当务之急。

我再次想从他的侧方接近他，尽快为他止血，他似乎已经怒火中烧，再次挥舞还在喷血的手，瞬间天花板上洒下一片血迹。

时间越来越久，我们在相互周旋着，地板上原本散落的点点血迹，在他的来回践踏中已经被抹成一片，一个个带血的脚印散布在平滑的地板砖上。对于我天天看着鲜血、闻着血腥味的人来说，也并没有太多不适的感受，我只是想赶紧为他止血，而他旁边的朋友已经禁不住呕吐起来。

医院保安到了。这时的醉酒者更像一头发疯的狮子，张开大口，挥舞着利爪，一派谁过来就和他同归于尽的样子。我也纳闷给他救治的医务人员此刻咋就成了他的仇人。显然医院的保安来了也无济于事，更不敢把他暴力制服，我们只能赶紧叫来了警察。

五分钟后警察到了，当他们看到这样的场景时也是有些吃惊，大声叫道："谁报的警，怎么回事？"我们赶紧向他汇报这是一个醉酒后外伤的患者，免得被误解为一个凶杀案的现场。

当真枪实弹的警察到场时，这个患者的动作也没有半点收敛，大肆叫嚣着："你谁啊？开枪毙了我啊！"

警察当然没有开枪，也不会开枪。他们对这样的人也无从下手，只能让我们一起赶紧制服他。或许是因为警察的到来，医院的保安瞬间胆子大了起来，和他的朋友一起将他按在治疗床上。我趁机迅速给他伤口消毒、止血，加压包扎，流血终于停止了。

护工清除满地的血迹，这场闹剧以医生胜出暂时收场，夜又恢复了平静。回到值班室，我赶紧从冰箱拿出冰袋，冷敷大腿上那个带着鞋印的乌青块。

第二天一大早我急忙赶到急诊室，去看那个尚在输液醒酒中的醉汉，他在蒙眬中睁开了眼睛。当我告诉他夜间事情的时候，他似乎忘记了这一切，只是一脸的茫然。此时的他和昨晚判若两人，看着自己包着纱布的手一言不发，而一旁的朋友只是盯着他傻傻地笑。

我已经记不清收治了多少个酒后的患者，也记不清承受了多少次委屈。不管他们受伤的理由，只要他们身体遭受伤害，我们当然有职责去救治，因为我是医生。即便有的医生想尽理由劝醉汉离开自己，下一位接诊医生仍会去积极处理伤口，最终患者也将在医务人员的治疗下康复，没有任何医生会看着醉汉流干身上最后一滴血。

酒精让一些人一次次精神麻痹而深受伤害，而我们每一次也都会用酒精消毒，处理伤口，最终使他们康复出院，这都是酒精的功劳。酒精或许并无罪，关键看你如何去使用它。

红　包

　　身为医生，红包是永远不能回避的事情和话题。多年的临床工作中，我收过数次红包，当然也退还过数次，红包似乎也成了医患之间沟通的另一种手段。

　　连远在偏僻家乡的父母都知道做了医生自然都会有人送红包，时常教导着我："儿子，红包不能收啊，那些看病的人都不容易，生病很可怜。"这成了我们母子间每次电话必不可少的话题，可见医生与红包之间的相关性已深入人心。

　　我们医院医德医风的第一条就是"拒收受红包，查实者一律开除"，可见医院对红包问题态度，军队一定要保持军医的纯洁性，也折射出红包已经成了一个社会关注的问题。

　　小小一个红包也反映出患者及其家属的一个心理状态。在病人和家属看来，送个红包也许医生就会更加认真仔细，对自己更加关爱照顾，特别是外科手术，送个红包，医生一定能尽心尽力，手术就一定能够成功，自己也能吃下颗定心丸。

　　其实作为医生来说，送不送红包，我们都一样需要谦虚谨慎地完成每一次手术操作。每一次的手术和创伤性操作都必须认真对待，这是我们的职业操守，也是患者的需要。我们的服务对象是人，而不是机器，修坏了可以换个零件再来，我们必须倾其全力，力争一次成功。何况在医患关系日趋紧张的今天，一旦出现医疗差错或纠纷，不仅仅需要耗费大量的时间去处理这件事，而且会影响自己的声誉，当然扣奖金那也是一定的。

或许是受社会风气的影响，外地人或乡下人更乐意给医生送红包，也许他们认为自己花那么多钱好不容易来到上海，有机会挤进大医院开刀，再送了红包就等于买了份保险。

我没有见过或听说过周边的医生会去主动索要红包。作为医生其实并不情愿收患者红包，有时候小小红包甚至会干扰医生思维。寻常的手术，一切按部就班，按照医疗常规，也许更为顺畅。由于收了红包，医生脑子里面多了一些顾虑或担忧，甚至干扰对一些疾病的思考。

无论是术前给的红包，还是术后给的红包，小小红包包含患者家属对患者康复出院的期望，但也玷污了医患关系的纯洁性。拿与不拿完全是在考验医生的自身修养和道德水准，也是在考验医生的金钱观和价值观。

我拒绝过数十次的红包，对于我而言，更愿意在患者出院的时候对我的技术和人品表示认可，还有那亲人般的问候和招呼，显然患者已经非常信任我，甚至把我当作他的知心朋友，这样的尊重和满足感或许才是我们医生所追求的。

当然对一些已经写好了名字的感谢信和锦旗我们也无法拒收。也许这薄薄纸片更能体现出患者发自内心对医生技术的肯定和感恩之心，有时候我们也会欣然接受，并且合影留念。

我无法阻止患者家属随时向我掏出的红包，但我可以随时拒绝收受红包，也可以在手术后归还红包，收与不收考验着我的良知，让我在压力巨大的工作之中又多了一份思考，更是在考验着我的道德水准和内在素质。

来自江苏下肢恶性肿瘤的阿婆，从外地费尽周折来到我们医院。巨大的肿瘤已经将她整个膝盖包绕，快速生长的肿瘤其表面张力已经将皮肤撑得发亮，随时都有破裂出血的危险，必须尽快截肢手术治疗。

术前值班的晚上，我正在办公室查阅相关资料，为明天的手术做好准备，患者的女儿来到了我的办公室。

一个简单的截肢手术，被从乡下推诿到了市里，被市里医院拒绝来到上海，来回折腾。或许因为她年龄较大，又是恶性肿瘤截肢手术，那些医院都不愿去冒险做一个出力不讨好的手术。

她推开了门，畏畏缩缩地走了进来。

"医生，你值班啊。"她拿着两个苹果在手上，边说边将苹果放在桌子上。

我点头应声后她又说道："我想了解一下我妈妈的病情，是不是很严重啊？"

我点了点头，将老人的病情详细向她解释一番。年近七十的老人身患恶性滑膜肉瘤做截肢术，当然手术存在危险是必然的。虽然白天在老人面前轻描淡写地说过了她的病情，那是怕引起她的恐慌，但在患者家属面前我们必须把所有想到的并发症都说清。

即便我术前谈话已经将患者随时出现的并发症如实向她作了介绍并签字，趁这个机会我必须再次跟她强调一下。在医患关系如此紧张的今天，我更不想为这个推来推去的手术去打官司，或沾染上无休止的医闹纠纷。

当我将她妈妈的病情详细介绍后，她表情更加严肃，神情有些木讷，起身从口袋里掏出一叠用卫生纸包裹的东西塞入我的抽屉。

"医生，你一定要好好帮我妈妈做手术，她一辈子真的受了很多苦。"还没有等我拿出这包东西，说完话的她转身就走开了。

皱巴巴的卫生纸里包着新旧不一、杂乱无章的一沓人民币，我仔细清点了一下，整整两千元，显然她是有备而来。也许都是来自农村的缘故，我特别同情农村人，看着她，我似乎看到了还在乡下地里劳作的小叔、姑姑。这些钱可能是她辛苦一个月加班才攒来的血汗钱，就这样拿到了我的面前，她在送红包之前一定进行过激烈的心理斗争。

对于退还过无数次红包的我来说，此次也不例外，当然不会收她的红包。想着病榻上的老人，还有黯然神伤的这位农村妇女，我不想现在直接给她，直接退还的话，注定这个夜她无法安稳睡觉，内心必定充满对明天手术的担忧。已是深夜，为了这事争执也会影响大家的情绪，我还是暂时收下。

次日一个普通的截肢手术，不到一个小时就结束。手术成功，我的心里也踏实，相信她心里更是踏实很多。由于术前做好了充分的心理安抚，年迈的阿婆术后精神状况并没有变化，术后她局部的疼痛明显好转，也没有因为截肢而变得愁眉苦脸。她的女儿和女婿始终陪伴在阿婆的左右，他们全家对手术满意，我也心里踏实。

手术后的第三天，我觉得一切顺利，悄悄将她叫到了病区走廊一角，将红包退还给她，她扭头就走开，并不打算要回这红包。我无奈只能将钱让护士长交到她的住院押金里，拿着手里的押金条，我的内心也坦然畅快了许多。

出院时患者女儿因为少了一张押金条无法结账，当我将另外一张住院押金条交到她手里的时候，她有些惊诧，而后热泪盈眶直呼谢谢，直呼还是解放军医院好。轮椅上的阿婆也是喜笑颜开，让女儿推着轮椅来到我们医生办公室和护士站，和我们医生、护士一一道别。

医院以"红包变成住院押金"将这件事报道后，居然被新华网及中国军网转载。那一刻办公室里传来了阵阵爽朗的笑声，他们都围绕着电脑屏幕争相阅读起了这篇报道。

当他们聚在了一起时，我也走到办公室一隅，偷偷地将这篇报道通过手机微信转发至我的朋友圈，这是我最快乐的时刻，我当然要和朋友们一起分享。

时间就是生命

时间是个奇妙的东西，当你漫步街头，迈着懒散的步子，它可以让你休闲愉悦；当你身处商海千锤百炼，它可以让你赚得盆满钵满；当你身受伤害，它分分秒秒都会把你推向死亡边缘。如果把"时间就是生命"用在医院救治危重患者的身上，再合适不过。

医院绿色通道就是指在患者严重突发疾病的情况下，本着救死扶伤的原则，医院无条件积极地为患者提供救治服务。及时有效的救治往往能够使患者病情得到控制，生命也许就能起死回生。

外科绿色通道通常可见一些严重外伤大出血的患者，简化住院手续，动员一切医疗资源，积极手术止血抢救治疗。大动脉的损伤破裂，分分钟钟都会让患者处于危险之中，随时因出血过多休克死亡。

多年的一线临床工作使我感悟颇深。生命之花有时就掌握在自己的手中，一个小小的动作或许就能挽救一条生命，而一个小小的疏忽也会让这朵生命之花凋谢枯萎，这也正是说明了医生的职责重大。

多年的外科工作中，我无数次面对这生死时刻，也见证了这惊心动魄的绿色生命通道挽救了若干的生命。在患者命悬一线的时刻，任何人都不会坐视不管，而作为医生也将竭尽全力抢救生命。

一日午后，值班室的我已经错过了午饭时间，刚一碗泡面进了肚子，一阵急促的电话铃声响起。电话里反复强调着这是一个危重外科患者，催促着我尽快亲临急诊现场。我深知这一定是一个非同寻常的病人，抄起椅子上的工作服，匆忙下楼直奔急诊科。我已经对这样的急诊痛恨得咬牙切齿——如果不是因为急诊患者过来，午后我可以躺下休息一会。

急诊科工作一年，我已落下严重的失眠症，现在回到病区仍不断被其骚扰，苦不堪言，可是值班重任在身又不得不去。

这次是一位重伤患者，我来不及打听太多关于患者的受伤原因，就直奔抢救室，只能边看病人边听取急诊医生汇报病情。

这是一名建筑工地上过来的严重外伤患者，一段钢筋从三楼坠下直接插入他的大腿。不断从抢救车上滴落的鲜血告诉我，他的损伤已经很严重。裸露的钢筋让人不得不联想到了电影《死神来了》的片段，让人惊悚地起了鸡皮疙瘩。当然，我已经习惯了这种血腥场面，镇定自若。

稳定血压、吸氧、监护，输液、输血，积极抢救止血已经成为标准化的抢救流程，这些我已牢记于心，只需要将它们灵活运用。几年前一段急诊的工作，使我对于四肢严重外伤的患者已经有了足够的处理经验，现在我已经能够游刃有余地处理。

尽管我已经做好足够心理准备，可当亲眼看见一段钢筋刺穿他的大腿，露出两端的情景时，还是难免有些紧张。此刻除了选择积极救治外，我别无选择。陪同的家属、工友用祈求的目光注视着我，周边的护士大声叫喊："咋办啊，伤得这么重啊？"或许在她们心里更希望得到一个"患者病情危重，立即转院"的答案。

所有的人都看着我，我必须尽快给出一个正确的答案。

"走绿色通道！"我斩钉截铁地说，言语铿锵有力。此话一出，我内心收获了痛快淋漓的感觉。这是命令的语气，让我感受到指挥官运筹帷幄、决胜千里的信心。

现在的我不再是一个初出茅庐的学生，而是已经经历生活和工作历练的"金刚"，我的心理承受能力已经足够强大，曾经脆弱的内心已经变得足够的坚硬刚强。此刻，所有的人必须听我指挥，貌似已厌倦了医生职业的我，在这样的场合氛围里得到了极大的精神满足！我相信我一定能够救治他，把他从死神的手里拉回来。

抽血的抽血，拍片的拍片，血库、手术室、病房电话铃声几乎同时响起。为了一个生命垂危的民工，为了我们的同胞兄弟，我们必须不遗余力地去抢救他。因为生命只有一次，本无贵贱。

血一滴滴从伤口渗出，血袋里若干人的血液汇成股股洪流，从输血管缓缓注入他的身体。

手术室里，巡回护士、台上护士、麻醉师、手术医生将虚弱病危的患者围成一团。无影灯下个个神情凝重，仔细地操作着每一个步骤。我们只有一个目标：让他活着，健康地活着。最终我们将患者从死亡的边缘拉了回来。他没有辜负我们的心愿，用健康的生命之花当作最宝贵的礼物，送给我们每一位参加抢救的医务人员。

在这条通往健康的绿色生命线上，我们都时刻警惕着，也坚信每一次的努力都一定能够成功，生命之花必定在绿色的生命线上再现光芒。

病房值班也需要24小时值守，我们不但需要处理看好病区的每一位患者，让他们平安度过这天，也要应对随时到来的急诊患者，和医院的每位医务工作者一样，坚守着绿色的生命救援通道。

当我们正为抢救成功的患者欣喜时，又来了一个自杀的患者。因为丈夫外遇，妻子一气之下用菜刀砍向了自己的手腕，想自杀结束自己的生命。当她在浴室边被人发现的时候，已经出现严重的失血昏迷症状。

绿色通道再次向她敞开，我们对患者进行了紧急救治。手腕桡动脉的出血也相当凶险，当我们打开敷料时，动脉血不间断喷射着。患者腕部的血管、神经、肌腱错综复杂，如同一根根电缆线缠绕在一起，我们花了整整一晚上的时间才将它们一一归位。

第二天查房的时候，患者流露出一脸的悔意，丈夫低着头在给她喂饭，而一旁的女儿则一脸茫然。原本一个幸福的家庭，因为她的不冷静，给自己、给家庭带来了难以磨灭的伤痛。当然，手术后的疼痛、患肢的麻木、活动受到的影响也将伴随着她的一生。

在这条生命线上我已经记不清楚救治过多少生命垂危的患者。如果说时间就是生命，我们这群医生、护士就是那和时间赛跑的人，只有跑得更快，身处危急、死亡边缘中的他们才能够有希望再现生命的光芒。

畸形的爱

在这个世界上爱有千万种，有父母对子女的舐犊之爱，有朋友间赤心相待的爱，更有夫妻间如胶似漆的爱。每一天，这个世界上都上演着不同的爱，但畸形的爱最终使这个无辜的女人坠入痛苦的深渊。

我们每天都会面对各种各样的患者。交通事故、工伤、打架斗殴、自杀自残、家庭暴力，每时每刻都在上演，每一次的意外都会给患者带来伤害。有些意外不仅伤害着他们完整的躯体，也让他们的精神遭受严重摧残。作为外科医生的我们能够修复他们的创口，却无法抚平他们的心灵创伤。

由于我们断指再植技术在这个地区还不错，这天急诊转来了一位断了手的患者。开始大家以为是普通工伤，再寻常不过，只是又多了一次加班，可是打开敷料，却都震惊了：患者的手掌被利器连续跺了近十刀，肌腱、神经、骨头全部外露，手指还少了好几个，鲜血沾染了整个手掌。

这样严重的手部外伤极为罕见，一般的机器工伤不会有这么整齐的伤口，而以往接诊自残的病人通常也就是手腕上划出一两道口子。她的手部外伤让人不忍直视，犹如被人剁碎的鸡爪正待入锅。

病人的神情让人捉摸不透其受伤的原因，她那淡漠却迷茫的表情更是让人有些恐惧，甚至让人联想起血淋淋的僵尸。我们同情她，却又急迫想知道其中的缘由。

"请问你怎么受伤的，如此严重？"我们要尽早明确她的外伤原因，以便接下来的病史记录，也借此想了解其中缘由。尽管我们绞尽脑汁想把整个事情弄个水落石出，但她始终用迷茫呆滞的眼神看着我们，嘴里虽然嘟嚷着什么，可是我什么也听不清。我同情她，可是她不能配合我顺利完成病史记录，不由让我对她产生了偏见。

这样严重受伤的患者，手指再植的可能性已经很小，我们不得不和她谈论截肢，而且必须将详尽的治疗方案同她谈清楚。"你怎么受伤的这么严重，是工作不小心弄的吧？""你伤口疼吧，我们帮你先看看吧。""你老公呢？"我怀着一颗同情心去问她一些问题，希望能够打开她的话匣子。

可是尽管我们去安慰她，用关爱的口气去同她交谈，她还是始终不言不语。送来的120随同医务人员也不知道她经历了什么，只知道110接到报警后通知他们把她送来了医院。

我们需要跟她的家属沟通，将患者的病情及预后做一个全面的告知，这是我们医生的职责，也是医疗上的常规制度。对于这样一个急需截肢手术治疗的患者，更需要同其家属做一个详尽的沟通，一个明显受过精神刺激的女人，连一个陪同的人都没有，我们更和她无从谈起。

正当我们一筹莫展之时，警察赶到了医院，也揭开了她严重受伤的原因。

把她手剁成这样的人不是别人，正是她的老公。原来他们是离异再婚，三十多岁相同经历的人再次组合成一个新的家庭，本来应该是一段新生活的开始。由于不在同一个地方工作，心事重重的丈夫慢慢对貌美的妻子产生了怀疑，为了能够让爱人留在身边不会变心，自我解释说没手就不再有人去招惹她，所以采取如此下策。为了让医生不能再接上她的手指，甚至把剁下的手指扔到了垃圾桶。如此粗鲁残暴的行为，让她深陷痛苦的泥潭。而她的丈夫也将为此付出沉重的代价。

街道的干部和邻居匆忙赶到了医院，和她一起将术前谈话的字签了。由于手部损伤过于严重，无法再行断指再植，肢体残修的手术很快就结束。

当我们把她送回病区的时候，敷料外看到的只是腕部光秃秃的外形，上肢缩短了不少。她依旧一言不发，神情淡漠，骨子里透出一种说不出的恨，我想她痛恨这个世界所有的一切，包括她自己。

"没关系，会好起来的。"这句记不清多少次对失去四肢患者说过的话，我再次重复一遍。安慰的话在她的心里显然没有起到作用，泪水再次滴落在枕边。偶尔她用一侧健康的手打理已经凌乱的头发，而后再无任何言语。她的不言不语让我们着急，护士们也不得不加强了病房的巡视工作，生怕她再次出现意外。

生活在这繁华的都市之中，我们压力无处无时不在，我和妻子也矛盾重重。我相信自己绝不会用暴力处理夫妻之间的矛盾，哪怕有一天她执意要从我身边离去，也绝不能用这种残暴极端的方式挽留她。在这个城市之中，我们来自异域他乡的人已经承受太多的辛酸苦痛，相爱的人更需要和睦相处，才能让我们彼此远离孤独，心灵得以慰藉。

接下来的几天她依旧一言不发，也许是遭受严重的心灵创伤，在她面前的这个世界似乎已经凝固，时光停滞不前，每一个出现在她眼前的人只是陌生的玩偶。每次的查房也是在光问不答的过程中进行的，我们每一个身穿白大衣的医生似乎成了她眼中的白色幽灵。

我们医院的心理医生给她进行了精心的心理疏导，一个下午的促膝长谈终于让她开口了，这也是她受伤后说出的第一句话。

"我会好吗？你们不要让我老公去坐牢好吗？我们家孩子咋办啊。"女人用祈求的目光看着我们，说完话她神色凝重，再次沉默了起来。

"你好好养伤，好了出院，一切就会好了起来。"心理医生再次用安慰的口吻跟她说。

善良的女人点了点头，把头歪到了一边，用床单盖起了颜面。盖着她的床单瞬间高低起伏了起来，她的呼吸明显急促了，床单下面传来阵阵啜泣声。尽管只有短短的几句话，也让我们信心十足，在接下来的时间里，无微不至的关怀让她的心里逐渐舒坦放松起来。

一次次的谈心，带着我们的暖意，如同涓涓细流般渗入了她的心田。女人沉默僵硬的脸上也挂起了笑意。医院的领导来了，街道的干部来了，区妇联工作人员也专程给她送来了鲜花和慰问金。

出院时候的她似乎不愿离去。离开医院的那一刻，她挥舞着那只还缠绕着绷带纱布的患肢，和我们一一道别，将刚刚探视送给她的百合花放在了护士站的桌子上。

此刻只有我知道，她一定在强忍着残肢伤口的疼痛，即便患肢不痛，但家庭的再次破裂、肢体的残缺和心灵的创伤也许将伴随着她度过后半生。还好，在人生的路上，时刻都会有满满的爱与她伴随。

和患者家属对簿公堂

　　我刚入职做医生后不久，就有老医生这样对我说过："想做医生必须要做好充足的准备，医生是一只脚踩在医院，另一只脚踏在法院。"当时我哈哈大笑，不以为然。直到有一天我作为被告坐在了医疗鉴定答辩席上，才意识到老医生的话终于变成了活生生的现实。

　　一线临床医生的苦和累已经成了我们共同的感受，选择了这个职业后我已逐渐习惯，当习惯成为自然，我们也会少了怨言。在医院我们已经习惯了简单的医患关系，在平淡的日子里迎接着下一位患者的到来，如此周而复始。

　　我们不需要患者出院时痛哭流涕来表达内心的感恩，宁愿只是淡漠地挥手道别，从此我们一刀两断。我们不需要一次偶然的邂逅而后纠缠不清，更不愿意我们如同仇家一样在法庭以原被告的关系相见。

　　在这个永无边际的医学领域，我们竭尽全力去探索，当你攻克了一个个极具难度的课题时，下一个难题就摆在你的面前。在其他的领域如此，在医学的领域更是如此。一个人的躯体在数百年来解剖形态不曾改变，但疾病的变化始终在进行，且永不停止。

　　医学并不是一门具有确定性的科学，它存在着灰色地带，也不存在泾渭分明的非黑即白，也没有万能的通用模式。来自不同领域的人，有着不同的性格脾气、思想意识和医疗需求。我们在治疗上需要把握大的方向，而疾病治疗过程中也需要区别对待，整体的过程中更需要注重个体差异。

当患者出现意外，我们不能以一个完满的理由说服病人家属的时候，昔日的救命恩人瞬间就会变成陌生人，甚至仇人。

一位颈椎术后的患者转至我院，手术后的疗效让患者疼痛明显减轻，戴上颈托的他能够在床上活动自如。这样的手术疗效是患者家属所想要的，也是我们乐意看到的。然而天有不测风云，正当我们为他即将康复出院而自得其乐的时候，一场危机正悄悄来临。

术后第四天的下午，和往常一样，时间在病区安静的氛围中慢慢流逝，我依旧在快速敲打着键盘，将患者一天的病情详细记录在案。

一声清脆伴着颤抖的声音从病房传来。安静的时候我最害怕听到瞬间的叫喊声，每一次的异常高音都会伴随着病区患者病情的恶化，这也是我多年来工作的经验总结，我断定这一次也不例外。

"医生，医生，快来看我的爸爸，他突然腿不能动了！"17床的女儿火急火燎地跑过来大声呼喊。

在病床边，我目睹着这位昨天四肢还能活动自如的患者，如今下肢却不听使唤，无论如何也不能抬起腿。对于颈椎术后的患者出现这样的症状，一定与脊髓受损有关，这是一个不祥的预兆。或许是术后血肿压迫、内固定松动，或许是其他因素。我希望大剂量的激素和神经营养药物保守治疗能改善他的状况。多年的工作中我已处理过好几例类似患者，即便出现瘫痪症状也能峰回路转，柳暗花明。然而这一次事与愿违，大量的药物仍无法阻止患者病情恶化。

午夜，伴随着钟表秒针一圈圈旋转，患者的病情越发严重，截瘫平面不断上升，我不断巡视病区并观察病情。患者上肢的肌肉力量已经出现了减弱，再发展下去患者呼吸肌将出现麻痹，随即呼吸抑制死亡。又一次的生死营救即将在四号手术间进行，术前的谈话签字更是在沉闷的气氛中进行。

"我爸怎么会这样啊，来的时候不是好好的吗？"患者女儿焦急地问。

"我们也是在积极寻找原因，希望手术后能够改善。"我和她解释道。

"出事你们医院要负责任的！"她又补充着。

尽管我再次详细将患者目前病情，以及手术中、手术后可能出现的情况向其女儿说清，她显然已经失去了耐心。我已经明显感觉到患者家属没有了之前的殷勤，谈话也在严肃直白的语气中结束。

我们都期待着患者是由于术后局部的出血形成血肿，继而压迫神经导致的瘫痪。当我们重新打开患者伤口，并未见到血肿的时候，心也骤然冰凉，查不出原因的瘫痪让我们更加焦虑不安。手术后会不会疗效不佳，患者瘫痪继续加重，我们没有任何把握。当我和原来手术的主刀医生一起缝合上伤口的时候，我们都没有说话，只期待着最好的结果能够出现。

然而再次事与愿违，尽管术后我们用尽所有营养神经药物，患者双侧下肢始终不能抬离床面。病情没有改善，至少也没有继续发展，在我们苦口婆心的解释下，患者最后总算结账出院。但对于一个治疗后疗效并未改善的患者，我的内心还是充满疑虑和困惑，幸好他并没有每天出现在我的眼前，让我暂时清净。

半年后我们毫无征兆地收到了一张律师函，律师将医院里患者的病历封存，一张诉状将我们医院告上了法院。那一刻我才知道患者病情一定没有好转，作为主治医师的我成了名副其实的被告。法院委托了区医疗鉴定委员会做司法鉴定，鉴定的结果也将直接影响到判决的结果。

一场没有硝烟的战斗在我们医患双方间展开。我一边将患者的病情资料及治疗过程详细记录，整理成册；另一方面从医疗的角度，详细分析了我们在治疗患者疾病的过程中的所想所思。虽然我不是律师，但我必须力所能及地将我给病人下达的每一个医嘱讲清楚，并且从医学的角度阐述患者疾病的复杂性和应对措施。我反复斟酌着上诉材料中记录的每一个细节，相信我一定能够打赢这场官司。我觉得我已经为此穷尽了我所有的医学智慧和医生应有的态度。

当患者家属再次拒绝协商达成的十五万元作为一次性补偿后，我们只能出现在了医疗鉴定委员会的办公桌边。我们医患双方都期待法律给我们一个公道的答案。

门外，我用余光瞥见在一边屋子里等待答辩的患者女儿，她也看到了我，我们以另一种关系出现在这里难免有些尴尬，彼此目光触碰的刹那间便分散开来。她的身边多了一个胖墩墩的律师，以及她的妈妈。我快速走进了另一间屋子，躲避这难堪的局面。第一次来到这样的地方，如同第一次参加手术，紧张而压抑，我不停地饮水和上厕所去缓解自己的情绪。

司法鉴定辩论会按时进行，气氛严肃紧张，屋内寂静无声。医患双方相邻而坐，五位区级专家相向而坐。随着主持人的一声宣布，双方答辩正式开始。

尽管我的身边还有主任和医院分管领导，但我的心还是几乎堵到了嗓子眼，紧张得说不出话来。在家属几乎是哭腔的控诉书中，详细地指控了医院的"罪行"，我们显然已经成了他们家的刽子手，声泪俱下的哭诉已经让我对这场辩论的结果毫无信心。

当医疗组组长让我们医方阐述自己观点的时候，我不得不故作镇定。我知道不管这场官司输与赢，我都必须要让患者家属看到在他们面前的是一个真心实意为患者治疗的医生，我以自己的人格担保，对他的每一步的治疗都是用心的。

我有理有据地在专家面前详细介绍了患者疾病的发展和治疗经过。专家组也时不时抛出一个没有标准答案的问题，我只能一一迎面相对，决不能有半点的机会，让他们以为我们有治疗上的缺陷。一旁的主任也时不时补充着我的观点。我已经完全忘记自己是医生，此刻我的思维比一旁的律师还要兴奋活跃，不断地从医学的角度去驳斥他们律师的观点，致使一旁的律师无言相对，只能用一句"我不是医生，不知道这个问题问的是不是很专业"来缓解无厘头的问题。

我一定要赢得这场官司。输了这场辩论将会在医院和患者面前严重影响我的声誉。如果失败，我在家属面前将变成一个不尽责的医生，在医院领导面前我也会被视为一个只会敷衍了事的不称职的医生。我必须穷尽我掌握的医学知识和智慧去阐述我的正确观点，从而博得专家组的信服。

激烈的辩论中，我能够瞥见一旁患者家属的脸，神情凝重而充满怒气，他们不断打断我的陈述。当司法鉴定辩论结束后，我已经头昏脑涨，无心再回科室上班，只能赶紧回家休息。

经过漫长的等待，鉴定书上赫然写着："此次事件不属于医疗事故，医院在患者治疗处理上无明显过错。"这当然不是患者家属需要的鉴定结果，于是申诉至市一级的医疗司法鉴定委员会。

双方的辩论再次拉开了序幕。上海市的顶级骨科、神经内科、神经外科的专家再次汇集一堂，仔细聆听着控辩双方的每一句话。我坚信自己的诊断及治疗方案是正确的。

"急性神经根炎的诊断确切，疾病产生病因复杂，治疗得当，患者的瘫痪症状与自身疾病的发展转归有关"，围绕这一主题我进行了有理有据的辩解。当患者被推入房间的时候，我还是有些心有戚戚，一年多的康复锻炼，他似乎并没有多少的改善。我有些内疚，但我确实找不到我的错误在哪里，连上海顶级专家也找不到我的疏漏。个人情感永远替代不了法律，我只能在心里希望他能够再恢复得更好一点。

当两次官司均以医院胜诉结束后，患者家属也撤诉了，我们最终没有出现在法院的天平之下。

患者家属或许希望通过这种手段让专家鉴定出真正瘫痪的病因，或许想通过司法鉴定得到更多的赔偿，一切不得所知。但是我除了做好日常工作，不得不花费大量的精力和时间去应对这场官司，这已使我身心疲惫。

作为医生我是抱有同情心，我甚至希望他能打赢这场官司，获得更多理赔，这也许能改善他的生活。可是我作为被告的院方代表，必须要胜出这场官司，证明我是在认真履行职责，真心为患者服务。在情与法的面前，我们必须更尊重法律，让法律还给医者们一个真正的公道。

此番经历过后，我也经常提醒着我和我的同事，我们是医生，从事着与性命相关的事业。我们一言一行必须恪守医生的职业道德。我们每一次操作、手术都要按照医疗常规进行，并且详细记录在案，也许下一次我们真的就成了被告，那么之前所书写的每一个关于患者病情的字句都会成为法庭上的直接证据，所以必须慎重对待。

我自由了

我和妻子为了追求和理想，从南北方不同的地域汇集到了上海这个大都市，我们从相识到成家，彼此相亲相爱，家也成了我们疲倦后最舒心放松的地方。

在同事和患者的眼中我是温文儒雅，没有脾气且极具个性的一个人。努力刻苦，多情多义或许是贴在我身上的另一个标签。当巨大的工作压力像一座大山牢牢地压紧我时，为了让自己在这个都市生活得更有尊严，我总是屏住气息，默默地打拼，去承受。曾几何时我这个在外人眼里性格坚强、少言寡语的人，突然间在家里变得脾气暴躁，甚至让人不可理喻。

出生的时代背景和地域环境不同，加之沟通的时间较少，在贫瘠土地上出生的我和城里长大的她生活中摩擦不断。墨守成规的我和追求浪漫的妻子为了这个家各自默默努力拼搏。

也许是因为在医院上班的缘故，工作中我们都承受着较大的压力，却无法面对患者发泄，只能在委屈受伤后默默忍受。当压抑的心情无法得到释放，受伤最重的或许就是身边最亲近的人。我们都拥有看似温顺的性格，在医院外的家里脾气却变得异常暴躁，生活中擦枪走火也时常不断，从开始的语言暴力到肢体冲突，我们离都市文明人的距离越来越远。

生活和工作的压力像一个铁砣沉沉压在我们的身上。我们尽管是医生和护士，但因为并非正式职工，即便马不停蹄地去工作，除去房贷、生活开销也所剩无几。再后来孩子的出生，带来欢乐也加重了我们的经济负担。我们谁也不愿意向命运屈服，都认为自己有颗强大的心脏，有着澎湃翻滚的血液，它始终不会停息。

一周的马不停蹄的工作终于结束，我们迎来了难得清闲的周末时光，能够亲自做上一顿可口的饭菜，也算是对忙碌一周的自己最好的犒劳。

午后，和煦的阳光像金子般照射在树叶上，暖暖的让人萌生睡意。我坐在阳台的飘窗上悠闲地拿着刀子吃着西瓜。刚刚为了一件小事争执的我们，此刻都安静下来。

忽然，房间外又传来了妻子的声音："一个大男人，天天抱怨工作苦，谁没有压力，谁不是很辛苦？！"她边说边走进了屋内。

"这是什么话，我不工作，光靠你那点工资，能养活这个家吗？"我愤愤地说。

"不想工作就回老家，没人拦着你。"妻子又步步紧逼。

"天天就知道花钱，你攒了多少钱？就知道乱买东西！"我抓住有利时机，赶紧反击说道。早已经看不惯妻子的大手大脚，我自己拼命工作，她却是休息的时候总和几个时尚的姐妹逛街，提一些名牌的衣服、香水回来，而且每当我诉苦水的时候她总是冷言冷语。也许是家庭教养的关系，妻子的话语中从未出现半句骂人的话，可是语言的冷暴力每次也像一把冰冷的刀子插入我的心脏，使我更加压抑。

言语的较量中我无法取胜，动手似乎成了我最后的撒手锏，我顺手将阳台上的一个刚买的钱包扔到了地上。妻子也气急败坏，她用手在我的西瓜里胡乱地捏上几把，抱着一种我不好过你也别想舒心的心态，顺手拿起了钱包走向屋外。

此时的我已经无法控制自己的情绪，工作中的委屈、劳累、压抑，瞬间汇集成了一股强劲的力量，我拿起正在吃西瓜的刀子狠狠地砸了过去。

"啊"的一声大叫，妻子捂着自己的臀部，刚刚还盛气凌人的她露出了痛苦的表情。

一开始我以为她是吓唬我做出这样的表情，许久她没有离开，我看着她捂着的臀部露出了刀子的黑柄，顿时慌张了起来。

我瞬间六神无主，原来扔出去的刀子不偏不倚地插进了她的臀部。瞬间鲜血印染了她的裤腰，疼痛让她哭泣了起来。我赶紧拔出刀子，捂住伤口，匆忙打车来到了自己的医院。

我亲自给妻子进行了清创缝合。之后我给她道了歉，也为自己的鲁莽行为懊恼不已。受伤的妻子沉默了好几天后，吵闹着要离婚。不过到朋友家休息了几天后她还是回来上班了。善良的妻子最终还是原谅了我。

时间就是在这样吵吵闹闹中度过，儿子的诞生使我们度过了一段平静的时光。活泼可爱的儿子也许是我们夫妻感情中最好的润滑剂，直到如今，一家三口的温馨生活场景也历历在目，时常浮现在我的脑海之中。

当我们的家庭生活按部就班进行时，父亲突然决定来我们所在的医院打工，这个决定当然遭到了我和妻子的反对。我们在医院以医生、护士的名义工作，而他来到我们身边打工，无疑会让我们承受更大的精神压力。也许在他们看来，趁着自己尚能活动手脚，挣点生活费，当他们老了也可以减轻我们肩上的担子。

当父亲在我们医院院子里面清扫垃圾的时候，其实我也极不适应，内心充满矛盾。自己作为医生深受别人尊重，从事着外人看似高尚的事业，而父亲却在身边清扫垃圾，内心难免有些酸楚，甚至感觉有些丢面子，可是想想自己拥有的今天不正是父亲一点点的劳作换来的吗？时间长了，我也就习惯了。父亲总是每天清晨天色朦胧的时候就出现在医院，忙碌到天色漆黑的时候才最后一个离开，将医院整个院子清扫得一尘不染。

父亲在医院上班半年后，母亲的一个决定彻底让妻子怒火中烧——母亲决定也要过来和父亲一起上班。母亲刚在我们医院做了胆囊手术不久，妻子也做到了一个媳妇对婆婆的关爱，守夜照顾了整整一个晚上。可是如今她腰椎不好，蹒跚着身体却要来我们医院上班，着实让人由担心转而生气。

妻子大声对我吼道："如果你妈妈来我们医院上班，我就辞职不干了！"其实我也知道，作为护士的妻子当然不愿意自己的婆婆以这样的方式出现在身边，让同事们笑话。可是母亲最终还是卷好了被褥来到了我的身边，在劝说无效的情况下，我也只能选择了默认。

老两口俨然把医院当成了家，虽然没有一个舒适的安身之处，看着儿子和媳妇穿梭在自己的身边也格外开心。当他们在医院里听到有关我救治患者手术成功的消息后就高兴得合不拢嘴，这也许是他们最得意的地方，因为他们的培养，我才能够拥有今天的一切。

父母亲的到来，让我感受到了亲人的关怀，当然也让我们的家庭关系产生了微妙的变化，我和妻子的关系也产生了更大的裂痕，争吵的次数也明显增多。

终于有一天我们还是爆发了最激烈的争吵，也使我们的婚姻走到了尽头。那段时间我管近二十个外院转来的重大手术后的患者，由于科室人员较少，手术后病人都是一些比较危重的患者，隔三岔五就会出现一个死亡的患者，我几乎每一天都泡在科室。

每天的工作就是换药、清创、记录病史，密切观察患者的病情变化，应对突如其来的患者病情变化。我生怕有一点闪失而导致患者病情加重，甚至产生医疗纠纷。我把床铺搬到了科室的上铺，几乎竭尽全力地去看管好这些病人，防止出现意外。之前曾经有过这样的患者死亡病例，我需要格外小心。过大的精神压力下，我出现了严重的失眠、心悸状况，时常在睡梦中惊醒。夜间的手机铃声只要响过，那一夜我注定无法入眠。

好不容易轮到了一个周末，病人的情况比较稳定，我收拾好了衣物，带上了新买的电饭煲回到二十公里外的家。由于搬运的东西很多，就按了门铃希望妻子能够下来帮我一把。她在家里的沙发上窝着看电视，没有理睬我。

我问："你为何不能下来帮我一下巴？"

"一个大男人这点东西都不能搬上来吗？"她冷冷地说。

"我很累，就不能帮个忙吗？"

"我也很累，谁帮我？"

无休止的激烈语言冲突，让我再次燃起蓄积已久的火焰。我顿时火冒三丈，将电饭煲扔到了地板上，就这样我们再次爆发了近几年来最严重的争吵。在推搡和吵闹中我狠狠地扇了她一巴掌，或许正是我这次的动手，让妻子下定决心和我离婚。

春节临近的日子，沉闷的气氛笼罩着整个节日，我们无心去过好这个节日。我再次后悔自己的冲动，似乎不相信这就是那个平时温柔儒雅，对待病人关爱有加的我。曾经发过誓不会用暴力处理家庭矛盾的我再一次深深地伤害了自己的爱人。即便我拿出所有的诚心，妻子已下定决心和我分手。

家庭出现问题，工作还要继续，我不得不掩藏着内心的伤痛，在单位同事和患者面前一如既往，继续认真工作。我深知越是在一个人感情脆弱的时候工作上越容易出现差错。

妻子铁了心要和我分手，让我在痛苦中更多的是怨气。岳母看着我们几乎已经破碎的家，把我叫到一边问我："你到底爱你老婆吗？"

"我们之间没有爱情，只有亲情，我的爱已经给了我的患者。"我气呼呼地说。

也许岳母只是从侧面打探我的真实想法，我稀里糊涂给出这样的答案，她似乎也很惊讶。可是我确实是把爱给了患者，在这个家庭我给妻子、孩子的爱确实少得可怜。可是我也有自己的苦衷，学历低下、知识匮乏的我如果不是一心一意去履行职责，又怎能胜任自己的工作，又靠什么撑起这个家庭？现在想想，也许正是这样的回答，让原本中立的岳母站到了妻子的一边。我后悔自己的回答太过于真实。

当妻子把自己写好的离婚协议拿到我面前的时候，我还是极不情愿去签字，我不想失去自己一手打造起来的家。这里有我们曾经浪漫的影子，有我们共同奋斗的心血和汗水，也有我们一家三口温馨度日的故事。

破碎的婚姻如同破裂的碗，裂缝越来越大。从那以后尽管我们同在一个医院，也形同陌路。只有在电话中，我们才会继续为了这个即将离散的家和孩子做最后的沟通。

那天，我们在楼下偶遇。

"我求你了，我要重新开始。"她用祈求的语气说。

"我不会离婚的！"我说。

"不签字，咱们法院见！"她一副义无反顾、得理不饶人的态度。

或许是年轻气盛，或许是自知理亏，这样吵闹下去我根本无心工作，每一天都是捂着胸口的痛艰难度过，每一天过得都让人煎熬。三个月后我痛定思痛，还是在她已经写好的离婚协议上签上了自己的名字。

我知道妻子当初死心塌地跟随着一无所有的我，她一定是真心爱我。如今因为我的原因，再次伤透了她的心，一切都是我的错。她的心已不在我的身上，一切的挽留都是徒劳的。

她异常坚定离婚的决心，让我们已经无颜面对彼此，我们的爱瞬间化为乌有，只待慢慢地化为无休无止的恨，这也将影响孩子的成长，放手或许是唯一的出路。离婚协议中我们把唯一的财产——刚刚还完贷款的房子，留给了儿子。

五一劳动节刚过，多日的雾霾也逐渐散去。我再次见到了妻子，她面容憔悴，但是打扮时尚，抹着厚厚的唇彩。

当初我们结婚在她老家登记，现在我们离婚也必须去她老家。我们都在上班，谁也丢不下眼前的工作，只能请假一天匆忙登上了飞往威海的飞机。万米高空，霞光四射，我们相邻而坐却彼此沉默无语。

飞机稳稳地落在机场跑道上。多么熟悉的地方，十年前我们也是降落在这里，那次我们是为了爱而结婚，而这一次我们是为了彻底分离。

当民政局的工作人员再次宣读了离婚协议后，我才明白，我真的从一个家庭完满的人，变成单身离异的人。我甚至不相信这是真的，内心一团乱麻。提笔正式签字的时刻，我再次拨通了岳母的手机。

"老妈，我不想离婚，我想和你女儿在一起好好过日子。"最后一次我以"老妈"的称呼给她妈妈打电话。

"你们还是分开吧，这样或许对大家都好。"她妈妈电话里只有低沉的声音。可能是长期和我们生活在一起的她，已经不止一次地看到了我们的争吵，觉得分开会对我们更好。

看着一旁已经哭红眼睛的妻子，我既恨她，也同情起了她。十年，我们一起度过了我们的青春年华，也一起承担了这个家庭的责任。我恨她在我工作最忙、压力最大的时候提出了离婚，不给我一丝思考的机会。也同情她离婚后将独自抚养孩子，注定那是一条更加艰辛漫长的路。

当民政局一纸盖了公章的离婚协议放在我的面前的时候，我还是犹豫了，一旁的妻子赶紧催促我："签吧，签吧。"

当一本红色的结婚证书换成了紫色的离婚证书时，我们彼此都和这个家彻底分离了。从此我们之间的隔阂也越来越大了，我自由了，我们之间的距离也越来越远了。

当我将这个消息告诉父母的时候，母亲懊恼流泪，父亲也在一旁大口地吸着烟，默默地流着眼泪。

感悟孤独

刚刚拿到离婚证的时候，我感觉到一身轻松，终于可以长出一口气，仿佛卸下一身重负。为了工作方便，我搬离了原来的家，在医院的附近租住下来，再也不用每天花费两三个小时的时间在路上了。

我将更多的时间花在了工作上，闲余时间写一些医学相关的论文。周末我就开车去游玩上海周边的公园、古镇，甚至花费了两年多的时间将所拍的照片整理成册，编写成书，送给我治疗过的患者。在社区讲座就分发给小区老人，也送给我的亲朋好友，希望他们也能够欣赏到美丽的风景。

繁重琐碎的工作使我没有时间去领悟痛楚，我尽情地享受着一个人的生活，将更多的心思花在了工作上，工作和旅游成了我生活的全部。偶尔也会打电话关心一下儿子的生活，希望我们的分开不要过多地影响到他。我也极力安抚好父母的情绪，我知道子女的离婚在农村将严重影响他们的生活，这在他们看来是一件丢人现眼的事，甚至给这个家族带来不好的声誉。

我意识到了自己的过错，也和前妻商谈过复婚。记得一次咖啡馆的见面，短暂的见面，还没有坐下我们就不欢而散。

"我需要一个新的开始，我们不可能在一起的。"她冲着我说。

"我娶一个傻子也不会再跟你在一起生活。"我也愤怒地留下了我们这次接触的最后一句话。

又一次在无聊的争吵中，我们结束了离婚后的首次会面。我们尽管在一座大楼里工作，相见的时候也甚少，偶尔会擦肩而过，谈论的也只是关于儿子的话题。虽然说时间是一味良药，可以让人淡忘许多事情，但短时间的孤单还能够忍受，时间长了难免产生孤独感。工作的不顺，生活的不如意，只能将苦水偷偷吞咽。忙碌的白天没有时间去感受孤独，而夜深人静的时候那种失落、空虚的情感油然而生，即使吃上两片安定片也无法入睡。

我时常面对马路上来往的人群发呆，孤独的时候总是将电视的声音开得很大，即便醒来是一片噪音，我似乎已经习惯了它的陪伴。节日来临，我也通常一个人坐在临街的咖啡馆，喝上一杯苦涩的原汁咖啡，伴随着慢悠悠的爵士乐，看着窗外人来人往，度过漫长的一天。

我不害怕忙碌，即便是全神贯注地做着一件看似无聊的事情。我害怕孤独，那是一种让人焦虑，让人无奈，甚至疯狂的感觉。即便朋友的陪伴能换来一丝安慰，但当曲终人散的时候，一颗孤独的心又回归了寂静。父母那永不停歇的唠叨像浪花般拍打着我已经脆弱的心，亲戚的冷眼相对更让我无地自容。

阴雨绵绵的日子，幽暗的灯光下，我时常陷入沉思。我甚至无法接受这样的结果。当初的我背起行囊，只身一人为了理想来到了这里，忍辱负重取得了今天这样的成绩，有了美满的家庭，如今却因为自己的一时冲动妻离子散。长期伏案工作和低头手术，颈椎病的慢性疼痛也在困扰着我，精神和躯体的疼痛像一勺勺盐水慢慢浸渍着我的伤口。悔恨、懊恼、痛苦、自责等一切负面情绪与我形影不离，我甚至觉得自己活得如同行尸走肉，灵魂已经出壳，一段时间内对世间万物毫无兴趣。我的精神仿佛出现了问题。

漫无边际的思索更是成了我抑郁的根源，也慢慢在摧毁我正常的思维。一个偶尔的机会我玩起了赌博机，甚至一段时间无法摆脱，只有那种一掷千金的感觉才能让我忘记痛苦，感受这短暂的快乐。即便这样，我似乎对一切都失去了兴趣，精神的折磨使我憔悴不堪，甚至觉得活着毫无意义。

当我在深夜醒来，想着如何才能优雅地自杀离开人世的时候，我知道我已经患上了很严重的抑郁症。抑郁如同一条发疯的狗，牢牢地盯住了我，作为一名医生，此刻我更能理解忧郁症患者的痛苦。

我救助了无数身体残缺的患者，给了他们一次次重生的机会，可是自己如今病入膏肓却无法医治，这种隐隐的伤痛无时无刻不在摧残着我的身心，我已经被推向悬崖的边缘。在我最孤独无援的时候拨通了前妻的电话。她还是那句淡而无味的话："去大医院看看心理医生吧。"

当然我不会去的，我就是医生。我相信我能够战胜自己，漫长的岁月已经将我彻底磨炼，我不再是一个弱不禁风的弱者，我拥有一个无法摧毁、抵御万物的强大内心。

作为医生，我更是能够以一百种无痛苦的理由瞬间结束自己的生命。我一次次思索着生命的意义：人的生命只有一次，一辈子不可能一帆风顺，即使我什么都没有，和我的患者相比，我至少拥有一个完整的躯体。我要是真的走了，我的父母、孩子咋办？

结束生命，逃离现实更是一个懦夫的行为。

在贫穷苦难中成长的我从来没有被贫乏的生活压倒过，高考落榜的打击没有击垮我，一次次艰难的手术没有阻拦到我，难道就要在这破碎的男女感情搭上自己的性命？也许死的结果只有一种，但生却能让我们有更多机会去领会多样人生，我一定要做一名生活中的强者。

在痛彻心扉的感悟后，我用手术缝针在手臂上扎上深深的一个"人"，任凭鲜血从肌肤中点滴流出，左前臂留下了一个永不消失的"人"字。我必须振作，任何时候，任何事情都不能让自己轻易地倒下。

我知道我产生抑郁的主要原因是心理因素，所以尽可能地去调整自己的生活方式。我积极地加强身体锻炼，和一些知心朋友聊天，抽空回到郊区乡间，周末暂时停止手中的工作，逃离这个让人压抑的令人窒息的城市，还阅读了大量的励志文学和传播正能量的书籍。通过这些方式，我慢慢树立了自己积极乐观的人生观，摆脱离婚带来的心理阴影。

通过一段时间的自我调节，我真正的走出了人生的低谷期，振作了精神。为了明天的工作和生活我不得不重新起航，将更多的精力和时间投入到工作中去。

我的灵魂终于战胜了我的躯体，我变回了真正的自己。

离婚后我虽然将更多的时间放在了工作上，但感情上的孤独始终伴随左右。前妻拒绝和我复婚，我也更渴望有一个人能够真正理解我，分享我的快乐和忧愁。

上海人民公园的相亲角是很有名气的，这是一个众多有相亲意向人的聚集地，每逢周末，热闹得像个集市，四面八方的人像赶集似的汇集到这里。在这里，他们都希望能够找到自己中意的对象。一次偶然的逛街，我也留下了自己的联系方式。

或许自己是医生的缘故，一份体面的工作加上稳定的收入引起了更多人的关注。也许是我的真诚，打动了这位上海姑娘。她在一家公司上班，整日忙忙碌碌地工作，为了争取晋升的机会不得不拼命工作，错过了人生最美好的时光。年近三十的她依旧和自己的父母住在一起，或许是习惯了这种生活，一直单身。

我们空闲的时候谈论各自工作中发生的一些故事，也谈论着自己生活中的各种趣闻。一段时间内我们吃饭聊天，似乎成了一对男女朋友，她叔叔骨折住院也是我亲自主刀做了手术。

在一次体育课上儿子跑闹中磕断了门牙，已经发育定型的门牙无法恢复，让人心痛不已。当我将这事告诉她的时候，她居然说："你儿子的牙齿断了与我有啥关系，我又不是她的亲妈。"如此的口气着实让人生气。没有爱心的人我不会与之交往，我们注定只能是普通的朋友。我的错已经让孩子承受了太多的委屈，我绝对不允许任何人再去伤害他。

在忙碌和孤独中一天天度过，偶尔的一个机会我认识了一个叫 Yuki 的朋友，一位来自日本在中国工作的女人。好强的女人熟练韩语、英语和中文，由于工作的原因多年前和丈夫分开，只身一人来到了中国，在上海郊区安家落户。也许是因为相同的人生经历，善良有爱的她让我内心充满暖意，也让我感受到爱的温暖。我们在微信上自由自在地聊天，直到有一天我们真的相见。

坐在眼前的这位女人，深邃的目光，戴着一副黑边眼镜，笑容可掬的她不时露出嘴角的酒窝,让人觉得亲切可爱。她衣着得体,落落大方,操着一口并不算流利的中文,彬彬有礼的她礼貌地对待身边的每一个人。也许在她的国度里,医生有着至高无上的地位,我显然也成了她的偶像。

年近四十的她仍在为了工作四处奔波,每一次出差回日本都会从家乡带一些日本化妆品送给我。作为医生的我也会关心她的健康,承诺做她一辈子的健康顾问。

我们一起游览了乌镇。刚举办过互联网大会后的古镇一尘不染,干净整洁的石板桥上游人如织。我们品尝着各种地道小吃,古桥边、廊檐下留下了我们的身影。我告诉她湘菜如何的香辣可口,她也告诉我在日本如何做新鲜美味的寿司,日本北海道的牛肉是如何的新鲜。我们自由地畅谈着本国的各色美食和优秀的历史文化。

我们悠闲地漫步于蜿蜒的河道边,在灯火阑珊处的咖啡屋下泡上咖啡,欣赏着人来人往,小镇的夜晚在星光点点的映衬下犹如美丽的新娘。波光粼粼的小河边偶尔摇来一叶小船,身穿染布花衣的船娘轻轻摇曳着船橹,哼着优美的曲调,仿佛一幅美丽的画卷。

我们默默不语,放下了心中所有的痛,尽情享受着美景,也细细品味生活带给我们的快乐。

"你觉得钓鱼岛是中国的还是日本的?"突然间我的一句话打断了彼此的沉默。

"你说呢?"她看着我,露出了浅浅的酒窝,并没有回答我是或不是。她又补充说:"这不是我们需要讨论的问题吧?"

尽管我很爱我的国家,好想说出一个铿锵有力的答案"这是中国的"，可到了嘴边的话我又咽了回去。当然不想让这简短的一句话把大家都带到一个难堪的局面。

她说她爱自己的祖国，也喜爱中国。父母亲晚年也都是在中国离开人世的，自己和哥哥也在上海定居，亲朋好友也在中国。由于她比我的年龄大，总是担心一天容颜衰老我会离她而去，再次遭受感情的创伤。我们见面的时候总是让我称呼她姐姐，她说我们更适合做好朋友。我对她充满好感，她也对我也充满敬意。

一段真正的感情又何必在乎国度、年龄、肤色，心灵的融入相通才是最重要的，如果没有一份真正的感情，我宁愿一心投入工作，继续单身。

我们在这个城市各自忙碌着自己的事情，见面的机会也不多。我们约定，十年后如果我们彼此还是单身就生活在一起，一起去东京，看富士山上的樱花；一起去乡下，盖上一座小房子，围上篱笆墙，种上一个院子的玫瑰花。

讨 债

医患关系日趋紧张的今天，我们医生不仅需要在临床的工作中精益求精，也要学会观察患者，从患者的一举一动去洞察他们，看看他是不是看病过程中比较"搞"的人。所谓"搞"，大概就是在治病的过程中会问这问那、不懂装懂和纠缠不清。以至于我们在临床工作中总结了这样的几类人：退休老师、中老年妇女、戴着厚厚眼镜的、喋喋不休和打破砂锅问到底。这些人我们会更加重点关注，当然也不是一概而论，还要在和患者的接触中慢慢体会。

作为医生，对任何过来看病的人当然不能歧视，必须一视同仁，那也是我们成为医学生宣誓的希波克拉底誓言里面说过的。但有一群人甚至会用手机和笔记录医生的一字一句，以便日后某天找出破绽，这些或许都能成为证据。对于这样的人我们必须言行慎重，防患于未然。

认识患者阿健的时候，他不仅戴着厚厚的眼镜，而且喋喋不休，从医生出现的那一刻就没停止过。他显然是一位比较"搞"的人。

前一天的晚上，酒后的他被汽车撞伤了下肢，急救车把他送到医院，掏出他兜里仅有的200元办了住院手续。撞人者在警察

那里备了案后早已不知踪影

急诊科医生给他紧急止血包扎后输了两三瓶无关紧要的盐水，阿健似乎成了个无家可归的孩子。他的伤口已经处理，病情稳定，当然也无法享受绿色通道的待遇。对于骨折后的患者，生命体征平稳，下一步就是交上住院费用，收住院进一步手术治疗。而对于无儿无女、举目无亲的他来说，对医院、对医生都是一个巨大的考验。

急诊科里的阿健酒醒后如梦初醒，骨折后的疼痛让他号啕大哭。然而掏遍全身也只能拿出几个钢镚来。这样无钱又无家属的患者，推也推不走，再拖下去必定伤口出现感染坏死，后果严重。医院总值班的一个指示电话，让阿健来到了我们科里，成了我们科室的患者，人高马大的段医生成了他的主管医生。

无钱也得治病，手术的事情分钟不能耽搁。尽管我们知道高昂的手术费用产生后，如果患者不能缴纳上住院费，这些支出肯定会扣除到科里，甚至让段医生也搭上奖金。去年逃费的患者让段医生被扣了一个月的奖金，这事他并没有忘记，可是有医院官方的指示，他也不敢有半点怠慢。

刚住到科室半天的患者，已经让我们记忆深刻。当医生将术前谈话再次和他谈清楚，他又开始问一些稀奇古怪、让人无法回答的问题。"手术中准备用几个钉子啊？""钉子打算用多长？""为什么要用这个方法啊？"当医生解释过后，他再次重复这些无关紧要的东西，让段医生无语。

好在手术顺利，一切平安无事。但手术后的阿健并没有改变自己的性格。当一群人查房的时候，他总是指着自己受伤的腿问这问那，哪怕骨头已经解剖复位，他也会盯着半天问怎么还有个缝。在这样的患者面前，连平时我们公认为沟通能力极强的段医生也秀才遇到兵，有理说不清，一肚子委屈，憋屈得满脸通红回来。

当医生已经将他伤口全部拆线，骨折处已经长出了骨痂时，他仍丝毫没有出院的意思，电脑里的住院费用显示已经欠费六万。当我们告诉他可以出院了，他还是那句话："你看我骨头咋还有缝啊？"

"骨头愈合需要一年，难道你要住上一年吗？"段医生说。

"家里没人。我要住到可以下地行走再回家。"他反驳着。

如此无休无止的对话已经让医生筋疲力尽，管床医生也只能气呼呼跑到办公室猛地关上门，然后冲着我们大嚷："真倒霉，收了一个这样的人，早知道不收他了，我快发疯了！"

疯归疯，必须将患者的住院费用尽快交上，否则一切徒劳，不但自己付出了辛苦的劳动，甚至还要搭上自己的奖金。手术后两个月的患者没有半点缴纳住院费用的意思，好在撞他的人是全责。毛病已经看好，患者不急，段医生却成了热锅上的蚂蚁。他要来了肇事者和保险公司的电话，成了名副其实的讨债人。

段医生电话打到肇事者那里，那边传来一个极不情愿的声音："找我干吗？你们去找保险公司去！"

当保险公司的电话接通后，对方例行公事地说道："你好，我们只能暂先垫付一万元，出院后拿发票来报销！"话还没有说完，电话就被挂断。

其实我们早已习惯了这种模式，车子撞了人，肇事者却得不到应有的惩罚，爱理不理，而把所有的事情交给保险公司处理。

保险公司虽然不会少钱，可是对于吃了上顿没下顿的阿健来说，概而论显然有些不公平。

段医生不得不加快催款的脚步，多住院一天费用多一天，为了患者，也为了自己。医生得苦口婆心诉说着患者的遭遇，详细解析患者的病情。半个月的努力，终于功夫不负有心人，得到了保险公司的同情，费用一次性全部打入患者账户。

我们已经反复查房看过患者，术后的片子显示骨折手术做得完美无缺。手术完美，费用不差，只等出院。不仅仅是段医生轻松了，我们已经被他絮絮叨叨磨出老茧的耳膜也可以轻松一刻了。尽管出院的时候他极不情愿，可终究还是离开了医院。

一周后，他拄着双拐居然又出现在了办公室门口，跛着脚在门口大呼："段医生在吗？他怎么把我的出院小结上的轿车撞的写成汽车撞的？入院时候写着我神智清楚，我咋不记得了？"他又来纠缠不清了，我们大家使使眼色，纷纷离开了办公室。办公室里面只有段医生和他两个人进行着无休止的对话。这债不仅仅是金钱上的事，也是段医生不断地和这位患者上演着纠缠不清的感情债，医患关系之间的债。

对于讨债一事，我们从未讥笑过段医生，因为我们都有过这样的经历，也被这样的事情困扰过。

多数的患者是不愿意欠着医院的钱出院的，这样似乎很不吉利，但一些对治疗效果不满意的患者很多会连夜出逃。有时候我们医生虽然深受牵连，但也是抱有理解之心。花完大量费用，自己的疾病没有任何缓解，后续的治疗还要进行，家境贫困的他们不得不做出这个"三十六计，走为上策"的决定，其实他们的内心一定也是极不情愿的。对于他们，我们通常也只是打电话问个情况，电话关机的话，半年后医院自行解决，当然我们主管病人的医生多少也得搭上自己的奖金。

也许是因为高昂的医药费用，让患者成了负债人，也许是不健全的保险制度，让我们医生和患者以这种关系面对面，无疑增加了医患关系的不协调性，也增加了医患间的矛盾。

我多么希望有一天能够真正实行全民医保，并且免费医疗。每一个人都能病有所医，医生也不会分心，可以专注地为患者精心治疗。如果医患双方处在一个真正和谐的医疗环境中，矛盾必定会减少，每一位有爱心的医生也才能成为患者心目中真正的偶像。

折翅的天使

16岁，一个花季的年龄，一个含苞怒放的年龄。朝气蓬勃的她犹如天使在人间，将美丽青春尽情绽放。然而，一场毫无征兆的车祸意外折断了天使之翼，从此她的命运也将发生彻底改变。

一个普通的接诊电话，让我匆忙赶到急诊科，救护车送来了一个车祸外伤患者。我希望这次值班能够平安度过，看来想法只能落空了，但愿患者只是简单外伤，能够速战速决。

稚嫩的疼痛呻吟声让我断定她仅仅是个孩子，这是一个被土方车严重碾压下肢的患者，轮胎碾压后的左下肢已经支离破碎，鲜血浸染了她的裤脚，厚厚的敷料也无法阻挡鲜血的浸润，血染红了床单。

对于我这个千锤百炼的外科医生来说，我已数次直视这样的场面。取下的敷料越来越多仍没见到创面，而血腥味越来越浓，当我打开最后一层纱布的时候，眼前的景象还是让我大为震惊：碾压后的下肢仅仅留下了一侧完整的皮肤，所有的肌肉、血管和骨头已经黏合在一起，如同一个被压平的树叶标本。年轻的小姑娘在骑车去学习美容的路途中遭此厄运，这也深深刺痛在场的每一个人的心。

我必须即刻制定一个明确的手术方案，做出一个果断的决定。

面对严重的碾压损毁伤，我们必须急诊进行截肢治疗，这样的决定果断无误。虽然治疗方案准确而毫无悬念，但让我说出口却是如此艰难。

我并不担心自己手术操作的技术，这样的外伤，乃至肿瘤截肢的手术我和主任已经完成多例，很多人安装了假肢也能行走自如。

在一个还未成年的孩子前谈论截肢的事还是有些残忍，我无法想象术后该如何去安慰，去解释，更无法想象她麻醉醒来如何面对一个刚刚截下她肢体的医生，是痛恨，是感谢，还是沉默。

我内心挣扎着，但我必须保持清醒的头脑给出一个明确的答案，这答案就是：立即急诊截肢！

她的妈妈双手掩面，已经乱了思绪，泪水像决堤的洪水，让每个人沉浸在这场灾难中。在场的每一个医务人员，包括抬担架的120急救人员也揉起了发红的眼睛。

我也不想让她再多受一点点伤害，一个无辜的女孩，哪怕再多一点的刺激也可能使她精神崩溃而一蹶不振。我赶紧把她妈妈叫到了医生办公室。

"你女儿病情非常严重，需要急诊手术，而且手术需要截肢。"等她进门，我立刻说出我的手术方案。

这位四十岁左右的女人依靠着门，双手拍打着胸口，大声哭了起来，泪水哗哗地流出。

"你也看到她的伤口了，一点保肢的希望也没有，如果不截肢，她的命也不能保住。"我继续补充道，我知道在治疗方案上我绝对不能受到她的干扰。

"我该怎么办啊？"女人歇斯底里地大哭了起来，一边哭一边说着，"你一定要救她啊，这么小没有了脚咋办啊。"

当我正要将病情向她详细再解释一遍的时候，她"扑通"一下跪在我面前，我清楚地听到了她的膝盖与地砖碰撞的声音。

"医生，你要救救她啊！"哭声更大，整个走廊的人都朝这边看了过来。我第一次面对这样突如其来的状况，赶紧伸出双手去拉她。悲伤已经让她没有站起来的力气，我和同事赶紧扶起了她。

"这咋办啊，我怎样去面对她的爸爸啊。"她一边继续哭泣，一边自责了起来。

原来小女孩的爸爸妈妈因为感情不和在几年前离婚了，听话懂事的女孩跟着妈妈生活。为了减轻妈妈的生活压力，她高中还没有毕业就辍学了，准备去学习美容手艺后上班，谁知途中却被转弯的土方车碾压了整个下肢。

尽管伤口裹上了厚厚的敷料，也无法阻挡住血液的浸润。女孩停止了痛苦的呻吟声，或许是恐慌已经让她暂时忘记了疼痛，苍白的脸上显得如此平静，眼睛偶尔睁开，眼角落下滴滴晶莹的泪花。

手术的准备在紧张有序地进行中。术中，当我将她残缺不全的肢体清洗干净，发现下肢的损伤比之前看到的要严重许多。车子轮胎的碾压不仅将小腿碾压得一片血肉模糊，也造成膝盖的皮肤严重脱套伤。

如果给她行大腿截肢，伤口很易一期愈合，但没有膝关节的患肢即便装上假肢，功能也将明显受到限制，影响要大许多。可是保留膝关节，明显增加了患者伤口皮肤的坏死和感染率，一旦感染，截肢的平面还需要更高，这样的例子前不久刚刚出现过。

又一个难题放在了我的面前，我不得不再次做出一个艰难的选择，虽然心里承受着更多的顾虑，但手术正在进行中，此刻必须给出一个答案。这次主任医师不在台上，而旁边的一个住院医师、一个实习医生显然不能给予意见。

"还是保留膝关节吧，我们尽量保留她的膝关节，就算以后感染坏死需要再次高位截肢，我们也尽力了，没有遗憾，她太年轻了。"

大家都沉默了，作为手术台上职称最高的人，我必须果断说出自己的意见。我坚信这次手术能够成功，决不能将此前的一次失败作为这次手术方案的参考理由。

仅仅因为她是个孩子，我做出了这样比较冒险的决定，似乎有些荒唐、武断，但我相信自己的决定是正确的。只要有一丝的机会，我都会将最好的治疗结果考虑到，而不是为了自己一时的方便去痛快地截下她的大腿，那样我的内心会一直不安。对于任何的治疗结果当然不会有如果，我希望今天的决定即便在未来的某一天也不后悔。我不是一个英明的人，但我觉得为一个孩子选择更为保守的治疗方案一定是正确的。

保留膝关节的手术时间增加了许多，我们像分拣工，将坏死的组织一点点去除，哪怕有一点血运的皮肤组织都给她保留下来，只希望将来她的残肢能够再长一点。

当她从麻醉睡梦中醒来的时候，刚才急诊室里血肉模糊的肢体已经被包上了雪白的纱布，她输血后的脸色也红润了起来。她没有哭，也没有笑，只是继续沉默。或许她在思索今后的生活，或许她在痛恨爸妈的分离，或许她在诅咒碾压她的司机。

　　术后的病房，也只有她妈妈彻夜陪伴，那个碾压她的司机始终没有出现。我们也习惯了这些冷血的司机，仗着自己已经缴纳足够的保险金，撞人后的司机在患者受伤后能够来到医院的极少，只留下一句"找我的保险公司去"，而后便会无影无踪。身处伤害中的患者不得不自掏腰包，出院后拿上发票再去打官司，找上保险公司讨回住院费用。这种无人监管的做法也纵容了一些司机产生"出事没关系，有事找保险公司"的错误观念。殊不知，有一天或许自己也会成为一名受害者。

　　由于疼痛和心理创伤，手术几天后患者出现了闷闷不乐的心理状况，科室的心理辅导员和一些小护士总是借口和她聊天，逗她开心，我们每次查房的时候也和她说些开心的事情，说一些励志的故事给她听。

　　时间或许是最好的药，几天后她脸上露出了久违的笑容。她开始主动和我们聊天，说她家的小狗是怎样的可爱；她们老家的杨梅树是怎样的多；她还有一个小妹妹是怎样的有趣。

　　就是一个土方车不经意的疏忽的动作，让一个花季的孩子承受如此沉重的心理创伤和残肢疼痛。从此以后，她将与假肢相伴终生，也让她不富裕的家庭雪上加霜。

　　我也时常在思考，我们每一个人都应该慎言慎行，做好自己的本职工作，这样其实也是在保护他人。拥有一个健康的躯体是我们每一个人的权利，我们更没有理由去伤害任何一个人。对于每一个肢体残缺的人，我们更应该给予尊重，因为他们曾经和我们一样拥有完整的身体。

　　患者住院期间经历了很多次的手术和一次次精心的换药，最终得到了我们想要的结果。当她伤口愈合，摆动着满是疤痕的膝关节时，一脸天真无邪的微笑，逗乐了我们查房的一帮医生。此刻我内心充满了成就感，无论是不是一场赌局，至少我认为我的决定是正确的。

两个月的住院时间，她和我们成为好朋友。她扶着拐杖蹦到护士站、医生办和我们快乐地聊天。爽朗的笑声后通常是她揪心的残肢麻痛，但一颗止痛药又让她像打满了鸡血似的满病区跑。

当我告诉她，伤口已经愈合可以出院的时候，她甚至有些不情愿。最后一次查房的时候，我把自己编写的一本名为《上海古镇》的书送给她，并且写上了我的祝福语：祝燕子早日康复，挑战自我，勇敢面对人生，未来幸福美满！

我说明天你就可以出院了，出院前我们来张合影，她笑着说："谢谢叔叔，谢谢叔叔！"

笑一个，笑一个

"可是照相我不喜欢笑，笑不出来。"我说。

"来，来，来。"她边说边使劲地拍着我的脑袋逗乐了我。

随着"咔"的一声，手机照下了我们的合影，我这个照相从来不喜欢笑的人站在她的身边，也露出了灿烂的微笑。她更是笑得前俯后仰，似乎忘记了所有的痛，周边的患者也被她逗得笑了起来。

病房里所有人的脸上都洋溢起了春风般的笑容。她如同一个折翅的天使，依旧将美丽和微笑带给我们这里的每一个人。

艰难抉择的手术

对于医生来说，当然乐意选择一个专业内普通的手术，操作简单，疗效确切，这或许是我们医患双方共同期待的结果。在医患关系日趋紧张的今天，一个医生能够有选择地进行一些简单的常规手术可以规避很多风险，降低医疗纠纷，这或许也是一个明智的选择。

看着病痛中的患者，我们的内心有时候也要承受着良知的考验，是与否，彻底放弃还是争取力所能及的机会，都是一次艰难的抉择。如果手术成功，对于患者及家属来说就是一次正确的选择，如果失败，我们当然也希望得到患者家属的谅解。

这是一个住在胸外科的来找我会诊的患者，七十多岁高龄患上肺癌。一年前在外院手术，切除了右侧肺叶，现在肺癌已经多处转移。特别是转移至腰椎的肿瘤已经严重压迫了他的脊髓，磁共振片已经提示他转移的瘤子将随时导致他瘫痪卧床。腰背部的疼痛更使他无法平卧，整天依靠吗啡、安定才能勉强入睡，哪怕空调的冷风刺激也让他苦不堪言。站立在他的床边，我也能感受到他那生不如死的痛苦。

患者已经到了肿瘤的晚期，生命的期限只能用天来计算，而疼痛让他的每一秒都度日如年。肿瘤膨胀性生长无疑让患者越来越痛，随时截瘫卧床而无法动弹。

长时间的止痛药物对他已经失去作用，唯一的方法就是手术切除腰椎迅速生长转移的肿瘤。但手术对于这样的患者来说，不仅需花费更多费用，手术的创伤打击也会随时危及生命。姑息性手术治疗是唯一能够有效缓解患者疼痛，提高他的生活质量的有效医疗措施，但手术风险极大，一旦手术失败，不仅影响医生的声誉，而且会将一个濒临死亡的人带入一场医患官司。

我当初提出手术方案的时候，科室同事及主任都极力反对。我内心也充满矛盾，一旦手术失败不仅会遭到同事嘲笑，甚至会影响到同事和自己以后的工作氛围。但如果放弃这个手术，患者将在肿瘤压迫的疼痛中度过余生，疼痛也将会成为留给他的在这个世界上最后的记忆。

请我会诊的医生也时刻提醒我："会诊单你随便写写好了，我们也能安慰一下患者，肿瘤晚期也没有什么办法。"他似乎已经帮我想好了会诊意见，我只要写上简单的几句话，或许这一切便与我无关。我内心开始纠结、彷徨。患者那痛苦不堪的表情如同根根银针深深扎入我的肌肤，让我如坐针毡，无法平静。我反复衡量着保守治疗与手术治疗的利弊。

下午我抽空再次来到他的床旁。我将患者的病情、手术方案，预后及手术可能出现的并发症详细同患者及家属说清。他们也清楚目前的处境，宁愿死在手术台上也要我帮助他完成这个手术。疼痛已经把他推入绝境中，使他不得不做出这背水一战的抉择。

患者用那痛苦迷茫的眼神望着我，而他及家属坚定的决心让我感动。其实我也知道手术风险极大，手术中肿瘤的大量出血、长期放化疗后伤口的不愈、疼痛不能缓解这些诸多的并发症，让我疑虑重重。

这是一个艰难的抉择，不仅仅是对于他，也包括我自己。也许是患者家属给了我勇气和决心，反复衡量了手术的利弊后，最终我决定为他手术。尽管是癌症晚期，但我一定要给他顺利做完手术，也希望他能够过上一段有质量的生活，即便在生命的尽头也要活得有尊严、有质量。

手术也并非无把握，但为了确保手术万无一失，我还是帮助他请了一位脊柱肿瘤专家一起完成手术。

当打开伤口瞬间，我甚至后悔起来，鱼肉状的肿瘤组织不断地渗血，根本无法止住。止血纱布、止血棉不断地填塞也不能有效止血，吸引器里面的血液很快满瓶。我们迅速地将大块肿瘤组织切除，清除了即将压迫脊髓神经的肿瘤组织，当伤口缝合住后吸引器内已是满满一瓶子出的血。

手术总算成功，但术后也不容半点马虎，我亲自换药查房，仔细观察患者的病情及细微变化，祈祷他能够在我的手里平安出院。使得术后患者逐渐度过了感染期，之前化疗加之手术的创伤出血，患者的血小板和白细胞严重下降，不过经过药物的积极治疗，以及悉心的照顾，患者的病情正如我所料，逐渐向好的方向发展。手术后患者的疼痛也明显好转，灰暗的脸色瞬间散发出微笑的光芒。

还没到真正可以下地活动的时候，他就经常戴着腰围坐起来，护士时不时来打着小报告："你的53床又坐了起来。"或许是因为疼痛太久了，他很享受坐在椅子上的感觉。每次查房见到他满头白发却神采奕奕的状态，我的内心都很是坦然。

手术后一个月，他戴着腰围，在老伴的搀扶下来到了我的办公桌前，两人泪如泉涌。他紧握我的双手居然哭了起来："真的不知道怎样感谢你，你是好人啊。"他的老伴在一旁也是两手作揖连声感谢。

他们将信任交给了我，我当然竭尽所能。我的职业让我无法保证每一个人都能痊愈出院，但我相信我自己一定能倾其所有，用心服务。尽管他在世的时间并不会太长，但是能够让他微笑面对人生，能够有尊严地度过人生最后的时光，我也感到很欣慰。

两个多月的住院时间，也未曾见到他在外地工作的女儿来照顾他，唯有不同的保姆轮换着照顾他。两位上海老人家相依相偎，度过了人生最艰难的时刻，他们白头偕老的温暖场景让我感触很深。也许在岁月的长河中很多东西已经沉淀，唯有这爱才会永留世间。

当他伤口愈合可以出院的时候，应了他的要求，我让他再住了一段时间。后来我再次让他出院转到楼下或者外院继续化疗，他却始终不愿意离开。我怕耽搁他的下一步治疗，最后只能借口国庆节我休假，才将他和他老伴一起"赶出"科室。

他逢人就说，在他生命的尽头，遇上了我是他一生的福气，我是他这辈子遇到的最好的医生。当然我不是最好的医生，但我敢肯定我一定是用心给他治病的医生。

患者女儿为我写诗

　　我当班的这天，急诊收治住院一位年近七十岁的女性尿毒症患者，她由于不慎摔倒导致左侧股骨颈骨折。外院考虑手术风险太大，匆忙间将她转来了我们医院。

　　老人家身患肾脏疾病多年，每周三次血液透析是维持她生命的唯一途径，不慎摔倒骨折给她带来致命一击。长期患病已经使她全身皮肤呈现黑褐色，瘦弱的身躯蜷缩成了一团，但乐观、豁达、开朗是她给我的最初印象。原来她年轻时是一名舞蹈演员，虽然疾病已经让她不能翩翩起舞，但她始终将积极乐观的情绪带给身边每一个人。在和她的对话中，我也能感受到她跳舞时的韵律。

　　在详细阅过患者的片子后，我确定这样的骨折唯有手术才能真正解决。由于患者长期身患慢性疾病，全身各器官的功能已明显衰退，手术的风险极大。如果放弃手术，患者长期卧床，不久将并发褥疮、肺部感染等并发症，也会将她推入死亡的泥潭。

　　我们已经成功进行过十几次类似的手术。尽管对于这样不到一个小时的常规手术把握十足，但也不敢掉以轻心。

　　当我刚将她的病情及治疗方案跟她提起时，她居然像个孩子，在病床上大呼了起来："江医生，我要手术，我要手术！"当然手术并没有她想象的那么简单，我不会轻易答应她。

"手术风险还是很大的。"我赶紧跟她解释一番。

"没关系，我身体好着呢。"她一边反驳我，一边试图坐起来。在她的心里就没有疼痛两个字。

"好吧，把你的家里人叫过来，我们沟通一下。"我赶紧让她好好躺下，避免骨折再次移位损伤局部血管和神经。对于这样的人我们见识多了，对手术的期望值太高，又是有点学问的人，一旦住院期间有半点差错，医院会被吵翻天。我当然不敢爽快地去答应她，何况手术的风险确实很大。

下午她的大女儿匆忙赶到医院，她是某个大学的教授。在我的办公室里面，我向她详细解释了她妈妈的病情及治疗方案。她先是要求手术治疗，但听我说了手术治疗的风险后，又改口说要保守治疗，一种举棋不定的感觉。

她甚至问我手术的成功率是多少，我告诉她手术无法用成功率来表述，即便 99% 的成功率，1% 的失败如果发生在患者身上，对于患者那也是 100% 的失败。正如一架起飞出发的飞机，尚未到达目的地前，任何人都无法确定它一定是安全的。

也许她妈妈的突然骨折是让她始料未及的，她有些着急却又无法找出应对的措施。最后她在她妈妈的病房里面待了一阵子又回来了。

"我和妈妈商量了，我们还是手术治疗吧。"她临走前跟我说。尽管手术治疗方案是她们达成的共识，我也不敢轻易下刀，这样优柔寡断的决定不是我想要的结果。对于严重内科疾病，又需要手术的高风险患者，其家属中如果有一个提出质疑的我们坚决不能手术，这也是我们长期工作总结的经验，这种勉强决定只会给以后的治疗过程埋下隐患。由于她的老公早年病逝，我反复叮嘱她一定要让最后一位直系亲属过来。

第二天一大早，办公室门外，一位浓妆艳抹，围着一身纱幔的女人出现在我的眼前。她扭动着曼妙的身子，斜挎着时尚的名包，手里不停地玩弄着手机。

"你是江医生吗？我是4床的小女儿，我不同意我妈妈手术。"她若有所思地跟我说。天啊，果真让我意料到了，幸好我没有给她做手术，要是做了手术出现半点差错，我将无法收拾这残局。我正暗暗庆幸自己没有果断做出决定，可患者的小女儿到病房转了一圈又过来了。

"我拗不过我妈妈，还是听她的吧。"她似乎很不情愿地表达了她的观点。三个女人一台戏，我周旋在她们的中间，尽管她们都答应了手术的方案，手术也不会立刻进行。我以"等患者检查结果出来后，我们看看再决定吧"为理由，暂时缓解了大家的情绪。我需要更进一步察言观色，决定手术与否，也让她们母女三人研究思考后给个一致的意见。

两天后的查房，骨折的疼痛已经让她皱起了眉头，肿胀的大腿已经让她没有入院时的精神气。

"快点给我手术吧，你的技术很好的，楼下血透室的病人也这么说的。"她大声地冲着我说，"以后好了我还要跳舞呢。"黑褐色的脸上露出一排洁白的牙齿，眼神里透出对健康的渴望。

我知道尿毒症患者并发骨折的病人我们已经手术多例，术后他们都恢复得不错，生命得以延续，至今在我手里还没有出现术后死亡的病例，但任何一次的手术我们都必须慎重，何况是如此病重的患者。

在她的再三请求下，我再次将手术可能出现的并发症向她两个女儿做了详细介绍，她们一起签上了自己的名字。颇有心计的大女儿在我谈话的时候还悄悄地按下了手机的录音键。当然她的心机已经让我发现，一切都按照医疗程序和规章制度进行。

手术后的患者容光焕发，笑容再次挂在脸上，她活动着不再疼痛的下肢，大有鬼门关走上一遭又回来的感觉。我当然也很高兴，我知道只要她再闯过术后这一关，生活质量将会明显提高。

当天晚上我手机微信上传来了一首诗，正是自称为现代诗人的小女儿发给我的。

致妈妈主刀医生
医生办公室几个帅哥医生
白色荷尔蒙阳气升腾
我们面对面而坐
你娓娓道来菲妈的病情
计算机上展示她的骨片然而我看见冷静的你的善良理性
敏锐
我看见你的幽静
空谷幽兰
空山新雨
休息日的摩卡与报纸
上海北外滩的钟声敲响
20 岁你在医科大学散步时候

吻过的女孩

如今或许有一个女儿像天使

然而你平静地

与我谈论菲妈手术的指征

她的骨头与身体由于洗肾多年

比正常人弱很多

是有可能手术过程中发生生命危险的

当然我们也有办法

我一直认为

拿刀的人

都能够杀人

但是还是信任你

你比较帅

看起来是一个艺术家

你在隐藏艺术气

而我的心在颤抖

由于恐惧

菲妈很多时候令人厌恶

一个那么主意大又无限激情，精力充沛的女人

是多么令人不安啊

这时候一缕阳光射进来

然而，当我刚为完成这样高风险的手术沾沾自喜的时候，意外还是在术后的第三天发生了。

这天值班，一切平常，午后时分护士告诉我患者出现嗜睡状态，神志不清。血液检查结果显示，患者出现重度贫血。当我正在进一步检查患者严重贫血的原因时，患者出现了大口喷血的症状。术后的她并发了严重上消化道出血。

由于长期的血透抗凝治疗，让她的止血异常艰难，而肾脏疾病又限制了输血输液的量，高血钾也随时会导致她的心脏骤停。血液不断地输注入她的体内，又被不断地呕出。她的神智也在昏迷和清醒中交替，这一夜我注定无法入睡，我和她一起在和死神的搏斗中坚持着。

天色渐亮的时候，她貌似精神起来，我也没有一丝困意。用上所有的止血药物也无法阻止出血，因为输入大量的液体，她的脸开始肿胀了起来，原本干枯的皮肤被体液撑得润滑起来。突然间她冒出一句话："我想见肾内科的陆主任。"

我们知道陆主任是德高望重的肾脏病专家。当初她身患肾病，如果没有陆主任的悉心治疗也不会撑到今天，当她提出这个要求的时候，我们谁也没有反对，只希望她尽快好起来。

周一的清晨，阳光明媚，正是西方的鬼节。肾内科陆主任来到了她的身旁，正如她所愿，她紧握着肾病科主任的手，泪眼婆娑。主任也紧紧握住她的手，鼓励她坚强起来，要相信自己一定能够渡过难关。

我和肾内科商定了详尽的治疗方案，抢救措施步步到位，几乎用上了所有的药物和治疗措施，也没有阻止住她连续大口地吐血。这位在死神边上来回走了好多次的患者，最终还是在西方的鬼节悄无声息地离开了人世。在生命的最后应了她的要求，我们放弃所有徒劳的抢救措施，也许她也知道医生已尽力，自己已经走到了生命的尽头。她像一盏耗尽燃油的灯，安详地闭上了自己的眼睛。

尽管她是一位患病多年的尿毒症病人，术前我已经将所有的病情说得很清楚，我们也用尽全力去挽救她的生命，但她的离去还是让我充满深深的内疚。伤痛之余，患者的两个女儿并没有责怪我们，还是十分感谢我们的用心治疗和抢救，直至后来我们成了好朋友。

患者小女儿在她妈妈临终前，再次写了一首送给妈妈的诗。女儿用这最独特的方式表达了对母亲的爱，对妈妈的恋恋不舍。透过诗歌我似乎看到了她那眉欢眼笑、舞姿曼妙的妈妈一直不曾离去。

给一个即将死去的女人

那个即将死去的女人

是我的妈妈

她在病榻上

反复呼叫一些人的名字

我趴在她的身旁

抚摸她的额头、头发、肌肤

最后我紧握她的手

依稀可以看出她的眉清目秀

如今垂死而举起的胳膊

依旧仿佛在跳着某种她擅长的舞蹈

她呻吟或尖叫

异常娇俏

她就要死了

如同没油的飞机

半路坠毁

如今她快要死了

这女人是我妈妈

她的一生不可谓不辉煌

却充满坎坷

这一切呼啸而过

将我的心脏此刻碾碎

再碾碎

母亲的礼物

好久没有回家乡了，家乡的印象已经有些模糊。院子里的水杉树应该挺直粗壮了，老宅子的窗户上那红得发黑的油漆已经脱落了，屋后的老井还有人用吧，那些儿时的伙伴在哪里呢？

当我再次踏上回家之旅时，发现一切真的已经改变。由于学习和工作的关系，我好多年没有回过家乡。相比十多年前挤着绿皮火车来到上海，能够开上属于自己的车一路向前，直达自己的家乡，那样的心情是美妙的，也是沉重的。当初的家乡贫瘠、苍凉，如今的家乡多了几分繁华，集市上的人多了起来，车子也多了起来。当初我背起行囊，一无所有，如今的我拥有了儿时想要的一切，而内心充满了惆怅，也充满了更多的思考和人生感悟。

当车子驶离高架，离开都市的繁华一路向西的时候，我的心也离家越来越近了。在那个充满理想的起点，我经过这么多年的努力，终于实现了自己的理想，在都市里实现了儿时的梦想，也拥有了宝贵的人生经历。

车子在平坦的高速公路上疾驰，原来日夜思念的家就在眼前，只是我们太忙碌而没有顾及她。

轿车很快驶离国道，那熟悉的家乡就在远方，梧桐树下的马路比以往平坦了许多，赶集的老乡来来回回地走着，空气里越来越有植物的味道，马路两边的庄稼依旧绿色迷人。远处油菜花的香气扑鼻而来，让人不由地摇下了车窗。

这是多么熟悉的道路啊，当初我牙牙学语的时候妈妈曾背着我上街卖菜，为了求学我曾经在此来回奔波，当我为了理想远离家乡的时候，也是妈妈在这条路上亲自把我送上了客车。

经过一段颠簸的乡间小道，车子平稳地停在那座老屋门外，还没有停稳，就围上来了一群人。这些人中，有扶着拐杖的老者，有放假休息在家的孩子，还有那个流离失所、被单身汉收留的哑巴，他们你一言我一语说个不停。离开家的时候，他们中很多人还是壮实的庄稼汉子，如今都步入了中老年。孩子们的笑容可爱至极，可是我谁也不认识，只能从他们的模样来推断他们的爸妈。

"叔叔，叔叔！"在孩子们的欢呼声中，我将从上海带来的大白兔奶糖一一分给他们。他们仔细打量着车子，争抢着坐到里面，转起方向盘玩耍了起来。

老宅子的门开了，昏暗的屋内走出了一个老人。迎面而来的正是母亲。自从一年前她打工回来后，我们没有再见过面。如今的她已经有些老态龙钟，常年的腰椎疾病让她无法挺直身子。当母亲见到我的时候，她满是皱纹的脸上还是露出了笑容。

"原来是二凤啊，回来咋不提前告诉我啊！"母亲拍着身上的灰尘说。

"给你一个惊喜啊。"我连忙跟母亲说。其实我知道自己的工作性质，有时候说好的休息日可能被急诊手术打乱，提前告诉母亲，不能如期回来反而会让她期望破灭，心中更多一份失落感。

我仔细打量着母亲，她的白发和皱纹明显多了起来，皱纹如同那山间梯田，密集而有序，眼神有些木讷。雨后不久的老屋，里面的泥土地还有些潮湿，空气中散发着浓烈的发霉味。

我还没有坐稳，母亲就开始问我："现在的工作怎么样了？有没有和你老婆复婚？实在不能和好就赶紧找个对象啊。"永远都是和电话里面一样的话。

"妈，我工作很忙，没有心思想这些。"我随便应答两句准备搪塞过去。

"儿子啊，你永远让妈操心，我夜间睁开眼睛就是想着你的事。"母亲愁眉苦脸地看着我说。

或许是回家的次数太少，我并没有像打电话那样直接挂了电话，当着她的面，我只能默默地听着她说道一番。

母亲永远都闲不住，刚说完话就去抓一旁还在咯咯叫的公鸡，嘴里自言自语地说着："这鸡我养着快半年了，就等着你回来杀给你吃。"

这间老屋在风雨中已经支撑了三十多年，是父母当初耗尽心血为我们家盖起来的，当初我也是在这座遮风挡雨的屋子下慢慢长大的，如今它已经破烂不堪。房子年久失修，屋内的墙面破损严重，斑驳的墙上还贴着多年前的几张奖状，屋内放着闲置的一些农具，几张蜘蛛网悬吊在房梁下。从哥哥的口中得知，一到下雨天，雨水也会滴答地落在屋内，本来就是黄土夯实的地就会和屋外一样泥泞起来。

父亲还在外打工，母亲就这样坚守着这个家，从来没有诉说过苦，也没有向我要过一分钱。母亲就是这样倔强的人，用她勤劳的双手硬从土地里刨出财富，供我读书，让我离开这贫穷的地方。

她既希望让我走得更远，又时时把我牵挂。

当天晚上，我叫来了村子里的亲戚相聚一堂共进晚餐。我再一次品尝了妈妈亲手做的菜，许多年了，那菜依旧还是小时候的味道，浓浓的乡村土地味。

我躺在老屋里度过了这个晚上，熄灯后的乡下漆黑一片。忙碌一天的母亲在鼾声中早早睡去，唯有蛐蛐和青蛙的吵闹声伴我度过了这个漫长的夜。

乡村的清晨，一片迷雾，那才是真正的雾，我确定不是都市里面的霾。植物上都挂满了露珠，行走屋外，头发、眉毛上都会留下一抹清澈的水珠。

整整几天的时间，母亲一直没有闲着，带我参观了哥哥的养鸡场，和我一起看望了病重的姨妈，到了庙上一起给土地爷上香，时间就这样在母子间亲密的交谈中流走。我告诉她在医院里工作是如何的认真仔细，如何的待人和善，如何的开刀手术。母亲高兴得合不拢嘴，边笑着边叮嘱我："生病的人都很可怜的，你一定要好好对待他们。"我频频地点头道是。

母亲像个快乐的新娘，踏着轻盈的步子，我握着她那布满老茧的手，却始终无法高兴起来。我在都市里拥有体面的工作，过着体面的生活，母亲却在这样的环境中一天天辛苦地生活。她为了我们兄弟两人经受过太多的磨难，为了我更是呕心沥血，当初尽一切可能让我读书，如今自己却还生活在这样的环境中，我能不心痛吗？

我取出了所有积蓄，卖了所有的股票，又借了朋友一些钱，偷偷地在县城郊区买了一个带电梯的房子。希望有一天装修好以后，可以让妈妈搬进去，度过一个快乐的晚年。这也是我送给母亲的礼物，感恩母亲曾经对我付出的一切。

临行前我拿出两千元钱给她："妈你拿着，以后需要钱就告诉我。"她双手接过了钱。我又凑到了她的耳边偷偷地告诉她："我送一个礼物给你，我在县城给你买了一套房子，装修好了，你和爸一起去住。"

听后她似乎有些着急，冲着我大喊："我不要你的礼物，我就住这里，你们过得好就行了！"

当车子驶离故乡的小路，家乡离我越来越远的时候，我的心离家也越来越远，可内心始终无法平复。透过汽车反光镜，迷雾下，我依稀看到母亲那驼背的身影，她在使劲地挥舞着她那粗糙皲裂、写满沧桑的大手，注视着走得越来越远的儿子。

也许房子和金钱都不是母亲想要的礼物，我的幸福才是母亲一辈子最珍贵、最想要的礼物。

下辈子绝不做医生

午后的医生办公室内，十四楼窗外景色秀美，远处别墅群精致小巧，暖暖的阳光把栋栋楼宇照射得耀眼夺目。

一群医生难得有休息的机会聚在一起。蒋医生正在为妻子怀上二胎的事一筹莫展，忙碌一夜的已经秃发的华医生还在敲打着键盘，高医生正整理着患者回来的片子，一旁的王医生修剪着指甲为明天的手术做准备，而我也在整理着患者即将出院的病历。

"如果还有来生，再给大家一次机会，你们还会选择做医生吗？"一个看似无聊的话题被谁无意中抛出。

"不会！"一旁的蒋医生大声叫嚷着。家住郊区，每周固定回家一次，他已经足足坚持了三年。在家带孩子的妻子再次计划外怀孕，让他一宿未睡，他诉着苦说自己已经没有经济能力再去抚养一个孩子。他似乎已经在这份职业中吃尽了苦头。

"谁还会做医生，傻啊？！"一旁的王医生也不甘示弱。医生执业证书已经让他考了好几年，今年他再一次参加了考试刚回来。名牌大学毕业的他如果不能通过考试，也将和打工仔一样无法坐上医生的位置。即便通过这次考试，接下来他也会面临医生规范化培训等一系列的考试。

"做医生太累，而且压力又大，没日没夜地工作还得不到患者的理解，谁愿意再做医生？！以前患者都是求着医生，现在能不告你就不错了。"一旁的华医生有理有据地解释着。年龄最大的华医生人生阅历最多，或许他的话有些道理。昨天夜间他连续完成了三台外科手术，也累得够呛。

"如果有好的职业，还是不要做医生的好，反正我的孩子我不会让他学医。"刚刚分配到科室的高医生也表达了自己的观点。

大家都说完了，都盯着我看，想知道我这个来医院时间最长的人有啥见解。大家等着我发表什么高谈阔论，当然我也说不出啥高深的理论。

"我不学医，也许不会离婚。"我勉强给出了自己的答案。我无法断定我选择了学医是正确还是错误，也许是我的误打误撞，让我闯入了这原本不属于自己的领域。已经身心疲惫的我此刻确实无法说出我热爱这份职业的理由。

我也无法确定我的选择是正确还是错误。从中专、大专、本科到助理医师、执业医师、主治医师，这一路我从来没有停下学习的脚步。从刚会换药的小医生到手术台边的主刀医生，这一路经历太多的磨难和委屈。

在我的脑子里有满满的回忆，像一把刻刀将医学路上的点滴刻入了我的骨子里。生命中经历了太多的磨难，踏过荆棘，我终究和他们一样成为医生。在医学的道路上我掌握了基本的医学知识和外科操作技巧，我学会了谋生的手段，也让我在这个城市有了体面的工作和有尊严的生活。

我孑然一人在陌生的都市，在从医之路上我收获了友情、爱情、家庭，如今的我再次失去了家庭，变成了妻离子散的落魄之人。我无法将个人的情感得失、家庭的破裂归罪为医生这份职业，但长期高负荷、高压力的工作环境从未让我有过喘气的机会。即便在家庭破裂、精神接近崩溃的时候，在工作中也不曾有过丝毫放松的时刻。因为我是医生，无论何时必须保持内心的强大。

这一路上我能给自己唯一的评价是，我不是一名优秀的医生，但我认为自己是一名合格的医生。我不如身边那些博士们学识渊博，也比不上主任医师才华横溢，我只是一名一路汲取医学营养逐渐成长的小医生。这一路走得艰辛，所以感悟深刻。

在这条路上让我看到了人性的自私和贪婪，也看到了人性的淳朴和善良，在一次次生与死的瞬间更看到了爱的力量和人性的光芒。

如果说医学人生似梦，那这梦让人记忆深刻。在一个个烦琐的病例前，在一次次疑难的手术中，在一次次的委屈后，我已经记不清楚多少次发过誓"下辈子绝不做医生"，而当困难过后，看着病痛中呻吟的患者，我却无法做到撒手不管。当初的我是为了生活走上了医生的职业道路，如今的我更是为了理想和信念而工作，这辈子也注定与医学、与患者无法分离。

不忘初心，继续在医学的道路上一路前行，这也是我一直不变的人生追求。

外表坚强的我，也有着柔情似水、脆弱不堪的内心，在医学的道路上我彷徨过、犹豫过，但我始终没有放弃。成长为医生的我已经觉得自己不再完全属于自己，而是更属于这个社会和时代，我有能力也有责任为同行在这个时代的人们提供力所能及的医疗服务，为一个健康的时代贡献自己的力量。

医生，守护着人们的健康，探索着疾病的未知领域，伴随着社会的文明行进在人类的历史长河中。这本应是一个至高无上的职业，理应受人尊重和爱戴。当红包、回扣、高昂的医药费、不合理的医疗体制和管理制度出现在医院后，这个人类圣洁之地也遭受着严重的污染。少数人的利欲熏心、唯利是图更是严重破坏了医院和医生的形象，以至于医闹、杀医报复的事件屡有发生。而通常受到伤害的总是在临床一线工作的医生，这些都是我们心中的痛。

当身边的同事越来越多开始转行，更多学生高考志愿不再填写医学院的时候，痛的不仅仅是我们医务工作者，它一定是一种牵扯的痛，痛的是我们每一个活着的人。

医生和患者永远都应该是朋友，在疾病的面前，我们应该携手共同努力，渡过难关。医生和患者的角色也是互换的，理解与沟通、平等与友善才应该是我们真正拥有的关系。

"下辈子绝不做医生"或许是诸多小医生最无奈的一声叹息，它是对漫漫医学路上艰辛磨难的感悟，是无数次委屈劳累后的怨言，更是医生对目前在社会上的处境发出的声嘶力竭的呐喊。

我们每一个人都应该去思考。

后 记

又一台急诊手术刚刚结束，有些倦意的我走出了住院部大楼。此刻人们已酣然入睡，原本点点灯火的病房大楼一片漆黑。朦胧的夜色愈加诡秘，枯叶间的路灯泻下柔和的光芒，照亮着都市夜归人回家的路。夜色中，我匆忙踏过落叶满地的斑马线，回到租住的小屋，喝上一杯浓浓的咖啡，继续趴在电脑桌边写我的故事，关于一个小医生的故事。

没有华丽的辞藻和修饰的语言，我只想用自己平淡的言语去讲述一个普通医生的故事，用拙笔记录下一些记忆深刻的事。让人们更多地去了解医生，走进一个平凡医生的内心世界。

时光如同手中的流沙，在白昼与黑夜的交替中慢慢流逝。关于亲情、爱情、友情的故事每天都在演绎。过往的生活终将逝去，我们的明天尚未开始，在医学的征途中我们始终无法停下探索的脚步，在这条充满曲折的医学路上，医生与患者的故事也不曾停息。

生命只有一次，如果选择正确了，一次也足够。我们赤裸着来到这个世间，也将赤裸着离去，我只想以医生的名义真实地活在这个世界上。

每一次的写作都是在烦琐的工作后进行，每一个故事都是再次打开记忆的阀门，再次揭开内心深处的瘢痕，写作的过程也注定让我充满煎熬与痛楚。

感谢养育我的父母，感谢成长过程中每一位帮助过我的人。

感谢前妻和岳母伴我走过那段艰难的日子，让我感受到了家的温暖。

感谢与我相遇的每一位患者。因为有你们，我才能成长为一名合格的医生，才能在这个浮躁的社会中平静心性、淡泊名利，保持着一颗善良的心。

感谢为我写了此书序言的患者家属邓月华老师。也许只有与我走得如此之近的你们，才可以看到一位最真实的医生，听到这位医生最平实的声音。